"엄마와 아빠에게"

엄마 없이 보낸 일 년

제1판 제1쇄 발행일 2016년 1월 30일
제1판 제4쇄 발행일 2019년 7월 20일

지은이 · 다샤 톨스티코바
옮긴이 · 배블링북스

펴낸이 · 곽혜영
주   간 · 오석균
편   집 · 최혜기
디자인 · 소미화
마케팅 · 권상국
관   리 · 이용일, 김경숙
펴낸곳 · 도서출판 산하/ 등록번호 · 제300-1988-22호
주소 · 03169 서울특별시 종로구 사직로 8길 21-2, 402호 (내자동 서라벌빌딩), 대한민국
전화 · (02)730-2680(대표) / 팩스 · (02)730-2687
홈페이지 · www.sanha.co.kr / 전자우편 · sanha83@empas.com

A Year Without Mom

ISBN 978-89-7650-471-5 44840
ISBN 978-89-7650-400-5 (세트)

* 이 도서의 국립중앙도서관 출판시도서목록(CIP)은 e-CIP 홈페이지(http://www.nl.go.kr/ecip)와
  국가자료공동목록시스템(http://www.nl.go.kr/kolisvet)에서 이용하실 수 있습니다.
  (CIP제어번호:CIP2016001510)
* 이 책의 내용은 역자와 출판사의 동의 없이 사용할 수 없습니다.

엄마 없이 보낸 일 년

다샤 톨스티코바 글·그림 | 배블링북스 옮김

산하

아주 어릴 때, 나는 엄마의 손가락을
깨물어 상처 낸 적이 있다.

내가 사는 세계

내가 사는 러시아

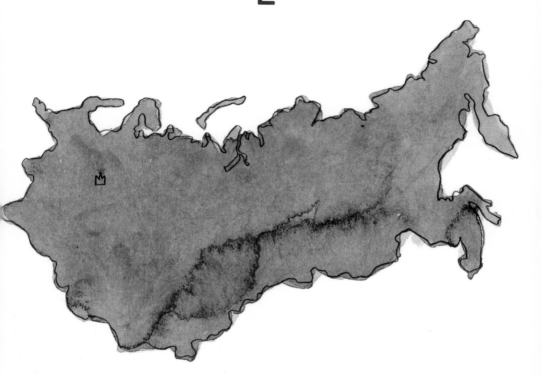

엄마와 나는 외할머니, 외할아버지와 함께 산다. 외할아버지는 엄마의 새아버지다. 우리는 방이 네 개 딸린 아파트에서 개를 기르며 산다. 나는 고양이를 기르고 싶었지만, 알레르기 때문에 어쩔 수 없었다. 할머니와 할아버지는 엄마와 아빠가 이혼하기 전부터 함께 살았다. 아빠가 미국 로스앤젤레스로 떠난 뒤부터 나는 엄마 방에서 자기 시작했다.

나는 아기일 때 몸이 약해서 자주 앓았다고 한다. 엄마는 그런 나를 돌보려고 집에 있어야 했다. 어차피 집에서 20세기 초 러시아 부조리 시에 대한 박사 과정 논문을 쓰는 중이었지만.

나도 러시아 부조리 시를 좋아한다. 조금 어렵기는 해도 재미있으니까.

엄마는 박사 학위를 받고 광고 회사에 카피라이터로 취직했다. 그래서 '제8 빵공장' 같은 회사의 광고를 맡게 되었다. 엄마가 공장에서 갓 구운 빵을 얻어 온 덕분에 온 가족이 먹어 보고 맛있다며 칭찬했던 적도 있다.

내 영혼을 사로잡은 바로 그 맛!

엄마는 광고 회사 일을 정말 좋아
했지만, 러시아의 광고는
너무 뒤떨어져 있다고
늘 투덜댔다.

평생 빵파는
글이나 쓰면서
살 수는 없어.

엄마는 이렇게 중얼거렸다.

광고를 제대로
배우려면 미국으로
가야 해.

나는 그 말을 그저 입버릇이려니
하고 흘려 넘겼다. 그러다
어느 날 밤, 엄마와 할머니가
하는 이야기를 우연히 들었다.

다샤는 우리가 잘
돌볼 테니 걱정하지
마라. 이런 기회를 놓칠
순 없잖니.

무슨 일이지?
왜 내 얘기를
하는 거야?
새삼스럽게
나를 잘 돌보겠다니?

며칠 뒤 엄마는 짐을 꾸렸고,
할아버지와 할머니는
공항까지 운전할 채비를 했다.
엄마가 미국의 대학원에 합격해서
광고학을 공부하러 떠나게 된 거다.
나는 할아버지 할머니와 함께
모스크바에 남게 되었다.

엄마는 이른 아침에 떠나는 비행기를 타야 했다. 나는 공항에 가지 않기로 했다. 엄마가 너무 슬퍼해서, 할머니도 내가 집에 있는 게 낫겠다고 여기시는 것 같았다. 엄마가 아침 식사를 했다. 나는 부엌에서 서성거리다가 용기를 내어 자리에 앉았다.

누군가 여행을 떠나게 되면, 모두들 조용히 앉아서 떠날 사람의 행운을 빌어 주는 게 러시아의 풍습이다. 그러다가 가장 나이가 많은 사람이나 가장 젊은 사람이 자리에서 일어나야 길을 떠나는 것이다. 내가 일어나려 하지 않았기 때문에 할머니가 대신 일어나는 수밖에 없었다.

비행기 시간에 맞추려고 다들 한바탕 법석을 떨었다.
가방은 잘 챙긴 거야? 여권은? 비행기 표는?
할아버지는 엘리베이터를 잡아 놓으러 나가셨다.
낡고 느려 터진 엘리베이터는 우리가 사는 11층까지
올라오는 데 5분이나 걸렸다. 엄마의 손을 잡았다.
늘 그렇듯, 손이 찼다. 안타까운 마음에 나는
엄마의 손가락을 꽉 움켜쥐었다.

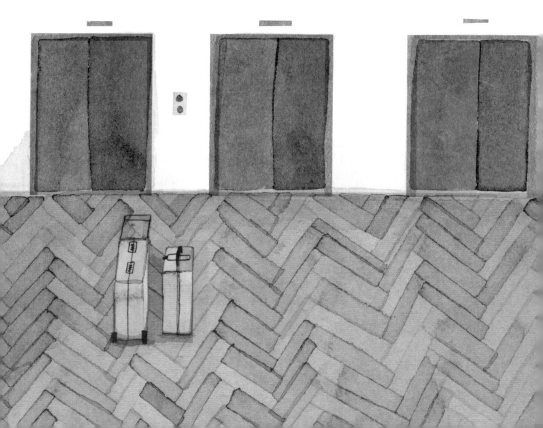

8월

할머니와 자동차를 타고 작가들의 별장이 모여 있는 휴양지로
갔다. 모스크바 교외에 있는 곳인데, 거의 90킬로미터 속도로
달렸다. 예년에는 작가들이 바글거리는 7월에 들렀다. 그래서
나는 밖에 나가 이리저리 어슬렁거리며 지루하게 보낸 기억밖에
없다. 하지만 이번엔 아이들이 많이 오는 8월에 휴양지를
찾았다. 직접 만난 적은 한 번도 없지만, 어떤 아이들이 오는지는
대강 알고 있었다. 주로 겨울 방학 때 가족과 함께 휴양지에
다녀오는 학교 단짝 마샤가 자세히 알려 주었다.

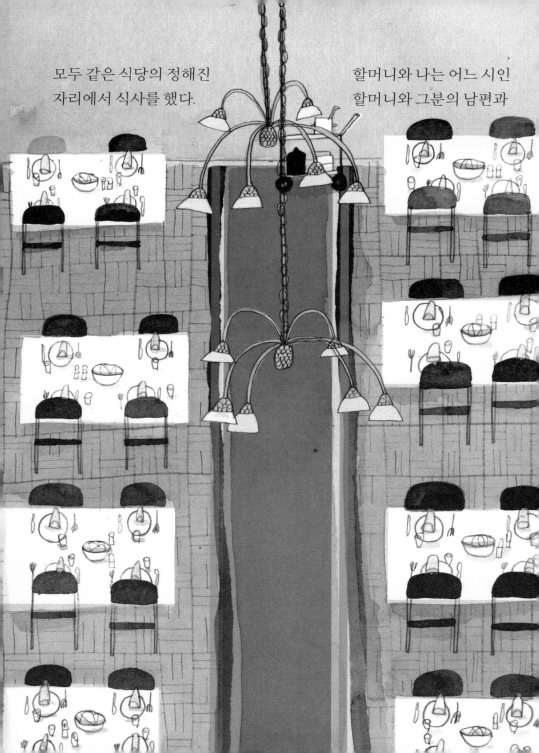

모두 같은 식당의 정해진
자리에서 식사를 했다.

할머니와 나는 어느 시인
할머니와 그분의 남편과

같은 식탁에 앉았다. 나는 술에 취한 시인 할머니가 마음에 들었다. 재미난 옛이야기들을 들려주었기 때문이다.

너희 할머니는 대학 시절에 학교에서 제일가는 미인이었지.

시인 할머니의 말씀이다.

그런 얘긴 그만 해.

할머니는 쑥스러운 듯 말을 막았지만, 은근히 기뻐하는 눈치였다.

나는 날마다 책을 읽거나, 빈둥거리거나, 어슬렁어슬렁
돌아다녔다.

너도 나가서
다른 아이들이랑
놀지 그러니.

보다 못한 할머니가 말했다.

아이들의 우두머리는 페챠였다. 페챠의 엄마는
무척 유명한 사람이고, 페챠도 텔레비전 채널1의
어린이 방송 진행자였다.
페챠는 나이가 열여섯 살이라
대하기가 가장 껄끄러웠다.

니나라는 여자아이가 말을 걸어왔다.
아이들끼리 연극을 할 생각인데, 내가
포스터를 그려 줄 수 있는지 알아보라며
페챠가 자기를 보냈다고 했다.

А

ВО-ПЕРВЫХ

И ВО-ВТОРЫХ

ВАЖНЫЙ СПЕКТАКЛЬ

ПО МОТ

정말정말 중요한 연극

어느 날 아침에 눈을 뜨니, 세상이 발칵 뒤집힐 만한 소식이
우리를 기다리고 있었다. 나쁜 사람들이 고르바초프 대통령을
가둬 놓았고, 모스크바 거리에는 탱크들이 돌아다닌다는
것이었다. 온종일 〈백조의 호수〉만 내보내는 채널 하나를
제외하면 텔레비전도 전혀 나오지 않았다.

"이건 쿠데타야. 무력으로 권력을 빼앗는 나쁜 짓이야."
할머니 목소리는 침통했다.
(사방에서 쿠데타라며 떠들어 대는 소리가 들려올 때마다.
'쿠—'라고 길게 발음하는 첫 글자 때문에 나는 둥지를 틀고 있는
작은 새들의 울음소리가 떠올랐다.)

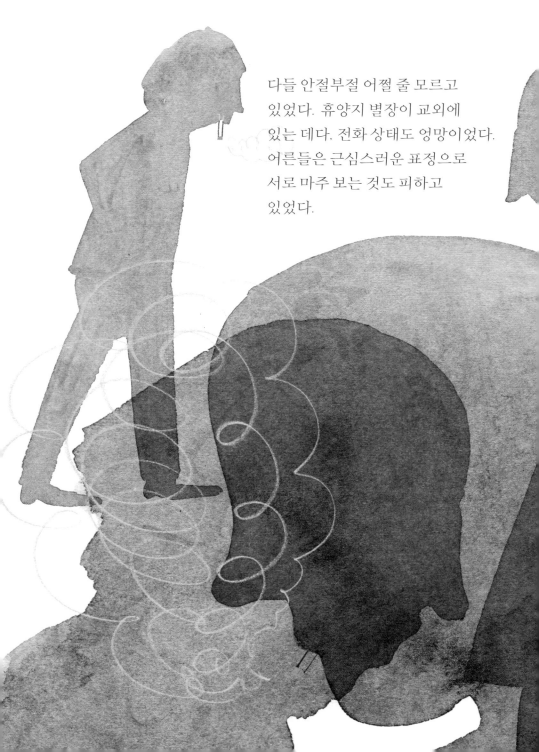

다들 안절부절 어쩔 줄 모르고
있었다. 휴양지 별장이 교외에
있는 데다. 전화 상태도 엉망이었다.
어른들은 근심스러운 표정으로
서로 마주 보는 것도 피하고
있었다.

나는 엄마가 걱정스러웠다. 엄마는 미국에서 뉴스를 보고
있을까? 우리가 무사하다는 걸 모르고
애태우는 게 아닐까?

연극은 잠시 뒤로 미루기로 했다. 그리고 다들 전망대에
앉아 카드놀이를 했다.

할아버지와 연락이 닿지 않았다. 그래서 할머니는
자동차로 모스크바까지 가서 상황을 살펴보고,
미국에 있는 엄마에게도 전화를 하기로 했다. 저녁
식사를 마친 뒤. 할머니는 옆방의 벨라 아줌마에게
나를 돌봐 달라고 부탁했다.
"아침까지는 돌아올게."
할머니가 나를 안심시키는 말을 했다. 자기 방에서
자겠냐고 벨라 아줌마가 물었지만. 나는 고개를 저었다.
아줌마는 내게 이불을 덮어 주며. 혼자 있는 게
무서우면 자기 방문을 두드리라고 했다. 밤늦도록
책을 읽다가 나도 모르는 사이에 잠이 들었다.
깨어 보니 할머니가 내 곁에 잠들어 계셨다.

날이 밝은 뒤. 할머니는 사람들에게 모스크바에서 본 장면을 이야기했다. 탱크들과 쿠데타에 항의하는 시민들에 관한 것이었다. "우리는 시위대와 함께 국회의사당까지 몰려갔어요."

"네 엄마하고는 간신히 통화했다. 우리는
무사하다고 말해 주었다. 우리와 함께 있는
것보다는 미국에 있는 게 안전할 테니
다행이지 뭐니."
할머니는 이렇게 덧붙였다.
"다 잘될 테니 걱정하지 마라. 결국엔 옳은
편이 이기는 법이야."
할머니 말씀이 옳았다. 옐친이라는 사람이
나타나서 평화를 되찾았고, 세상은 다시
활기를 띠게 되었다.
우리는 휴양지에서 보낸 마지막 주에 연극을
무대에 올렸다.

집으로 돌아온 뒤 내 물건들을 모두 엄마 방으로
옮겼다. 내가 좋아하는 노래를 모아 놓은
카세트테이프와 책들도 옮겼다.

우리는 일상생활로 돌아왔다. 할아버지가
아침마다 나를 깨웠다. 내가 발을 질질 끌며
부엌에 들어서면 이미 차가 준비되어 있었다.
하지만 그 밖의 일은 모두 내 손으로 했다.
나는 지난여름에 엄마가 별장에서 딴 열매로
만든 잼을 발라 빵을 먹었다. 그러고 나서
방으로 돌아와 책을 읽었다. 할아버지는 개를
데리고 산책을 다녀온 다음, 점심거리를 만들기
시작했다. 주로 수프다. 가장 늦게 일어나는
사람은 할머니다. 할머니는 아침을 거르고
한 시간 가량 타자기로 글을 쓴다. 가끔은 내가
할머니 작업실에 가서 책을 읽을 때도 있다.

9월

9월 첫째 날 개학을 했다. 방학 동안 마샤와
나타샤를 얼마나 보고 싶었는지 모른다. 마샤와
나타샤는 내가 가장 좋아하는 친구다. 마샤는
몸집이 작고 예쁘장하며 자존심이 강하다.
마샤는 여름 방학에 할머니를 만나러 파리에
다녀왔다. 나타샤는 마샤보다 키가 크고, 검은
머리를 짧게 잘랐다. 나타샤의 엄마는 세련된
분위기를 풍기는 기자이다. 나타샤는 자기 생각을
거침없이 말하는 편인데. 이를테면 이런 식이다.
"난 이다음에 돈이 많은 사람과 결혼할 거야.
사랑을 위해 결혼하긴 싫어."
마샤와 나는 그 말에 질겁했지만, 우리 셋 가운데
남자 친구를 사귀어 본 아이는 나타샤밖에 없었다.

학교가 끝나면 우리 셋은 거의 매일 붙어 다녔다. 마샤는 내가 작가들의 휴양지에서 만난 아이들 소식을 하나라도 놓칠세라 이것저것 물었다.

스메탕카는 키가 좀 자랐어? 니나는 아직도 그렇게 별나게 구니? 수영은 많이 했어? 나도 여름에 가서 함께 수영했다면 좋았을 텐데. 술래잡기도 했니?

페챠를 만났어.

우아! 페챠는 우리 오빠와 같은 반이야.

나도 좋아해! 루이즈 포인 덱스터는 정말 멋지지 않니?

화제가 바뀌어 다행이었다. 마샤가 꼬치꼬치 캐묻는 게 거북했고, 페챠 이야기를 꺼낸 것도 후회하던 참이었다.

응, 잘 지내신대.

난 메인 리드의 소설에 푹 빠졌어. 여름 동안 여섯 권이나 읽었다니까.

너희 엄마는 어떻게 지내시니?

마샤는 의심스럽다는 듯 눈동자를 굴렸다.

$$\varepsilon = \frac{mv^2}{2}, \; Дж \quad \left(Дж = \frac{кг \, м^2}{c^2} \right)$$

Потенциальная энергия

$$\varepsilon = mgh, \; Дж$$

$$Q = cm \, (t_2 - t_1)$$

c — теплоёмкость, $\dfrac{Дж}{кг \cdot c}$

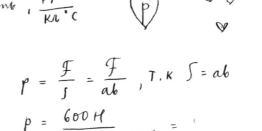

$$C = \frac{Q}{m(t_2 - t_1)} = \frac{Q}{m \, \Delta t}$$

$$p = \frac{F}{S} = \frac{F}{ab}, \; т.к \; S = ab$$

$F = 600 \, H$

$a = 20 см = 0,2 \, м$

$p = 0,5 мм = 0,005 \, м$

$$p = \frac{600 \, H}{0,2 \, м \; 0,005 м} =$$

_____

найти p

$p = 600 \, кПа$

$60000 \, Па = 600 \, кПа$

$N = 83$

$\mu = 5т = 5000 кг$

$h = s = 20 \, м$

$N = 30 кВт = 30000 Вт$

$g = 10 \, H/кг$

_____

$t - ?$

$$N = \frac{A}{t}$$

$$A = F_r \cdot S$$

$$F_r = mg$$

$$A = mgs$$

$$t = \frac{A}{N}$$

$$t = \frac{m \cdot g \cdot s}{N}$$

$$t = \frac{5000 кг \cdot}{30}$$

$$= \frac{100000 \, H}{30000}$$

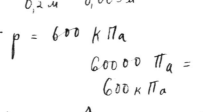

이번 학기부터는 내가 기대하던 물리학을 배우게
되었다. 선생님은 약간 무서운 분이었지만, 나는
열심히 수업을 들었고 첫 시험에서 5등급을 받았다.
(러시아의 학교에서는 성적을 1등급에서 5등급까지
나누는데, 5등급이 가장 높다.)

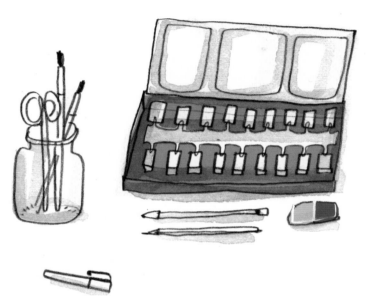

화요일, 수요일, 금요일, 토요일에는 방과 후
미술학교에 다녔다. 그곳은 우리 집이 있는 동네와
반대편에 있다. 미술학교에는 나보다 아홉 달 어린
사촌동생 바랴와 함께 갔다. 우리는 스케치, 구성,
색칠하기, 조각, 미술사를 배웠다. 토요일에는
옷의 역사에 대한 수업을 들었다.

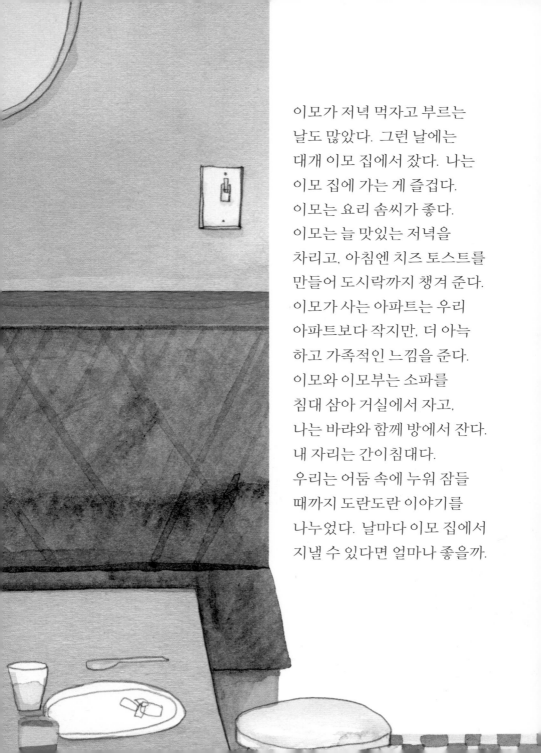

이모가 저녁 먹자고 부르는
날도 많았다. 그런 날에는
대개 이모 집에서 잤다. 나는
이모 집에 가는 게 즐겁다.
이모는 요리 솜씨가 좋다.
이모는 늘 맛있는 저녁을
차리고, 아침엔 치즈 토스트를
만들어 도시락까지 챙겨 준다.
이모가 사는 아파트는 우리
아파트보다 작지만, 더 아늑
하고 가족적인 느낌을 준다.
이모와 이모부는 소파를
침대 삼아 거실에서 자고,
나는 바랴와 함께 방에서 잔다.
내 자리는 간이침대다.
우리는 어둠 속에 누워 잠들
때까지 도란도란 이야기를
나누었다. 날마다 이모 집에서
지낼 수 있다면 얼마나 좋을까.

10월

엄마는 편지 대신 목소리를 녹음한 테이프를 남기고 떠났다.
나는 밤마다 잠자리에서 그 테이프를 들었다.

내 목숨보다 소중한 우리 공주님,

조금만 참으면 다시 만나서

따로 지내는 동안 겪었던 일들로

이야기꽃을 피울 날이 오겠지.

네가 정말 보고 싶을 거야.
할머니와 할아버지에게 잘해 드려라.
사랑해, 사랑해,

사랑해.

때로는 아침에도
테이프를 들었다.

멜 라 니

나는 책 읽기를 좋아한다. 그래서 미국에 대해 공부를 해 보기로
마음먹었다. 엄마가 사는 곳을 머릿속에 그려 보는 데 도움이 될
것 같아서였다. 지금은《바람과 함께 사라지다》라는 소설을 읽는
중이다. 주인공인 스칼릿이 매력적이지만, 나는 멜라니 같은
사람이 되고 싶었다. 멜라니는 무척 착하고 순수하다.
마샤와 나타샤와 나는 1860년대에 유행했다는 숙녀 놀이에
빠져들었다. 우리는 펜촉을 꽂은 펜으로 편지를 써서 봉투에
넣었다. 깃털로 만든 옛날식 펜이 없는 게 조금 아쉽기는 했다.
우리는 저마다 귀족적인 분위기를 풍기는 이름을 지어 부르기로
했다. 마샤도 나처럼 루이자라는 이름을 짓는 바람에, 조금씩
양보해서 서로 다른 성을 쓰기로 했다.

레트 버틀러

친애하는 루이자 K 양에게.

하루를 잘 보냈으리라 믿어요.
P 선생님은 정말 바보 같아요.
숙제를 그렇게 많이 내준다는 건
말도 안 되는 일이 아닌가요?

당신의 진실한 벗
루이자 T 드림.

♡   ♡ Домашнее
♡   ♡ ♡ не забыть математику

11월

월요일 아침의 일이었다. 나타샤가 첫 수업인 역사 시간을
빼먹겠다고 선언했다. 역사 수업을 듣는 건 바보 같은 짓이라나.
마샤도 수업에 빠지겠다고 했다. 나는 망설였다. 수업을
빼먹기는 싫었다. 우리는 시작종이 울릴 때까지 길가에
서 있었다. 이러다간 지각할 게 뻔했다. 갑자기 쪽지 시험을
보는 날이라는 생각이 떠올라서 부리나케 달렸다.

글쎄···

집에 돌아와서 페챠에게 전화를 걸었다. (할머니의 주소록에서
전화번호를 알아냈다. 할머니는 페챠의 엄마와 친하다.) 말문이
열리지 않아 한동안 수화기를 귀에 댄 채 페챠의 목소리만 듣고
있었다. "여보세요? 여보세요?"
페챠가 내 남자 친구라면 얼마나 좋을까. 그러면 페챠에게
마샤와 나타샤에 대해. 하루 동안 있었던 일에 대해 이야기할 수
있을 텐데.

그런데 갑자기 할아버지가 자기 방 전화기를 들며 외쳤다.

다셔!
얼른
끊어라!

지금 전화 오기를 기다리는
중이야.

죽고 싶을 만큼 창피했다.

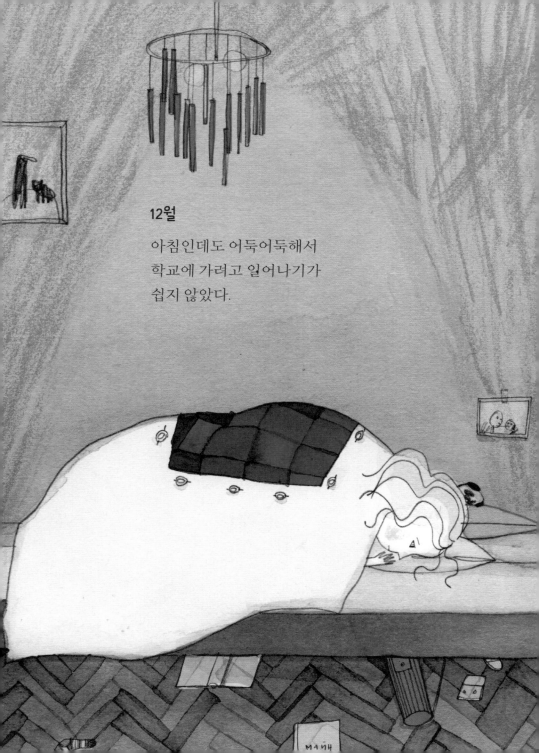

12월

아침인데도 어둑어둑해서
학교에 가려고 일어나기가
쉽지 않았다.

첫째 시간에는 마샤와 나타샤가 보이지 않을 때가 많았다. 나 혼자 남겨진 것 같아 서글펐다.

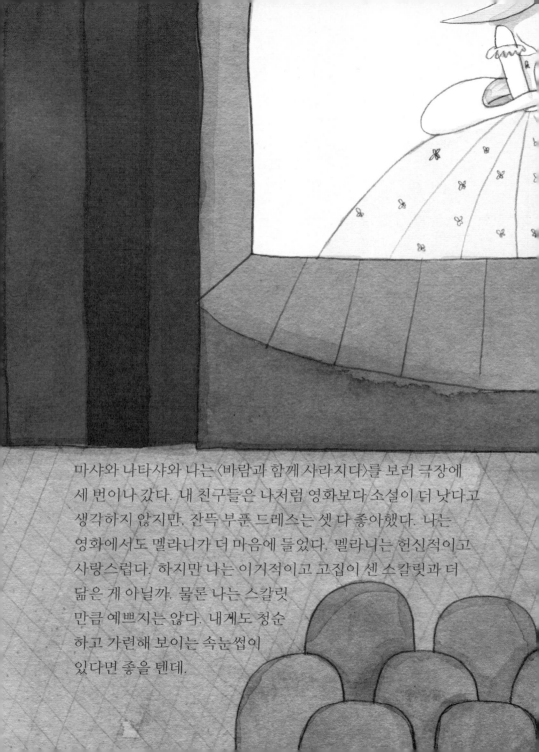

마샤와 나타샤와 나는 〈바람과 함께 사라지다〉를 보러 극장에
세 번이나 갔다. 내 친구들은 나처럼 영화보다 소설이 더 낫다고
생각하지 않지만, 잔뜩 부푼 드레스는 셋 다 좋아했다. 나는
영화에서도 멜라니가 더 마음에 들었다. 멜라니는 헌신적이고
사랑스럽다. 하지만 나는 이기적이고 고집이 센 스칼릿과 더
닮은 게 아닐까. 물론 나는 스칼릿
만큼 예쁘지는 않다. 내게도 청순
하고 가련해 보이는 속눈썹이
있다면 좋을 텐데.

미술학교의 구성 시간에는 화폭 안에
물건들을 배치해서 그리는 연습을 한다.
처음부터 끝까지 정물화와 씨름하는 시간이다.
막심이라는 남자아이는 늘 내 곁에 바싹 붙어
앉았다. 떨어져 앉으려고 일부러 일찍 와서
자리를 잡았지만. 그 애는 어느새 내 곁에 앉아
있었다. 후유! 막심은 정말 그림 솜씨가 좋아서
비교를 당하게 된다. 나는 그 애가 싫다.

겨울 방학이 코앞에 다가왔다. 더는 참지 못하고 바랴에게
페챠에 대한 내 마음을 털어놓았다.

난 페챠를
좋아해!

바랴는 누구를 좋아한 적이 없지만, 순정파였다. 바랴는
날카로운 질문으로 상대방의 마음을 읽어 낼 줄 알았다.

겨울 방학

우리 가족은 할머니의 친구인 바딤과 아니타 부부를
만나러 독일 뮌헨으로 갔다. 나는 가고 싶지 않았다.
나는 사실 휴양지 별장에 가고 싶었다.
마샤네 가족은 휴양지에
갈 테고, 페챠네
가족도······

크리스마스를 맞은 뮌헨은 온통 예쁜 장식들로 둘러싸여 있었다.
바딤 아저씨는 동유럽 여러 나라로 방송을 내보내는 '자유 라디오'의
기자인데. 정말 지적인 분이었다. 바딤 아저씨는 공항에 내린
우리를 곧장 사무실로 데려가 구경시켜 주었다. 아저씨와
할머니의 정치 이야기가 끝없이 이어졌다.
바딤 아저씨의 집에 들어선 뒤로는 우리 할아버지가
요리 솜씨를 뽐냈다. 나는 올리비아 드 하빌랜드
(〈바람과 함께 사라지다〉에서 멜라니 역을 맡은
배우)를 떠올리게 하는 다정한 눈매의 아니타
아줌마에게 홀딱 반했다.
"〈바람과 함께 사라지다〉를 보신 적이 있나요?"
나는 아줌마에게 말을 걸어보려고
이렇게 물었다.

할머니가 나의 고양이 털 알레르기에
대해 잊고 계셨던 게 문제였다.
아니타 아줌마와 바딤 아저씨는
고양이를 길렀다.
어른들은 입을 모아 이렇게 말했다.
"별일 없을지도 모르니 우선
하룻밤 지내면서 지켜보는 게
어떻겠니?"

한밤중에 깼는데 숨을 쉴 수가 없었다. 나는 아무도
깨우지 않고 발코니로 나가서 상태가 나아지길
기다리기로 했다. 하지만 12월의 날씨는 너무나
추웠다.

안으로 들어가 할아버지와 할머니를 깨우는
수밖에 없었다. 나는 숨을 헐떡였다.

바딤 아저씨가 나를 응급실로 데려갔다.
운전을 하면서 아저씨는 내가 의료 보험
대상자가 아니라서 병원비가 엄청 나올지도
모른다고 걱정했다.
나는 뒷자리에서 가쁜 숨을 겨우 이어 갔다.

온통 새하얀 응급실에는 아무도 보이지 않았다. 우리는
안내원을 따라 대기실로 들어섰다. 할머니는 공중전화로
엄마에게 연락해서 어떤 일이 일어났는지 알렸다. 잠에서
덜 깬 젊은 의사가 들어왔다. 잘생긴 남자 의사였다. 의사가
주사기를 준비하는 동안 나는 조용히 기다렸다. 아드레날린
주사를 놓을 게 분명했다. 나는 의사가 고무줄로 팔뚝을 묶고
바늘을 찌르는 모습을 지켜보았다. 의사가 피를 살짝 뽑아내자
주사약 속으로 피가 섞여 들어갔다.

의사는 치료비를 받지
않겠다고 했다.
다시 편하게 숨을 쉴 수 있었다.
우리는 호텔을 잡았다.

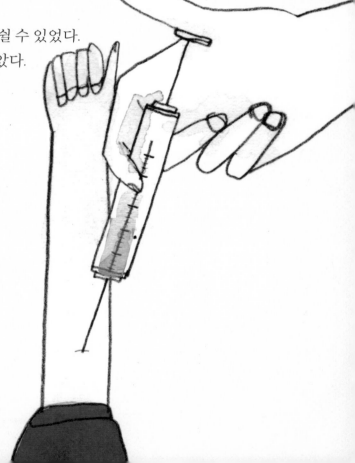

우리는 호텔에서 크리스마스를 보냈다.
춥고 눅눅한 날씨가 아쉬웠지만, 난생처음
서유럽에서 제대로 즐겨 보는 12월 25일의
크리스마스였다. 러시아정교의 크리스마스는
1월 7일이다.
바딤 아저씨와 아니타 아줌마가 크리스마스트리와
직접 만든 독일식 전통 음식을 가져왔다.
깜짝 선물도 있었다. 엄마가 선물을 보낸 것이다!
나는 사탕과 유성펜과 만화경, 그리고 비틀즈가
발표한 모든 노래와 가사가 담긴 커다란 책을
받았다.

개학날부터 나는 상급반에서 수학을 배우게 되었다. 넷째 시간이 끝나자마자 담임 선생님이 나를 부르더니, 상급반에서 수학 수업을 들으라고 하셨다. 마샤와 나타샤는 우리 학년의 수학을 그대로 배웠다.

월요일 마지막 수업인 5교시를 마치고 교실로
돌아왔지만, 마샤와 나타샤가 보이지 않았다.
혼자서 집으로 갔다. 무척 추웠다.
집에 들어서니 아무도 없었고, 쪽지 하나만
달랑 놓여 있었다. 수프 먹고, 개를 산책시키고,
일찍 자라는 내용이었다. 할머니와 할아버지가
작가 모임에 가느라 집을 비운 모양이었다.
갑자기 나타샤네 집에서 토스트를 먹고
싶다는 생각이 들었다. 전화를 걸었지만
아무도 받지 않았다.
눈꺼풀이 무거워져 견딜 수 없을 때까지
책을 읽었다.

아득한

옛날

마샤와 나타샤는 이틀 동안이나 말을 걸지 않았다. 그러다가
금요일에야 학교 정문에서 기다리고 있다가 내가 다가오자
인사를 건넸다.
우리는 요 며칠 동안의 일에 대해서는 아무 말도 하지 않았다.

2월

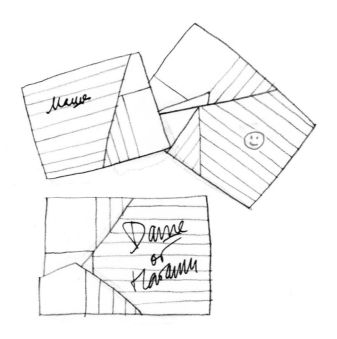

우리는 쪽지를 주고받았고. 방과 후에는 함께 놀러 다녔다.
마샤의 오빠는 페챠가 자기 학교에서 공연하는 연극에
우리를 초대했다는 소식을 알려 주었다.
공연이 밸런타인데이라니. 좋은 징조 같았다.

공연을 보러 가자니 조금 걱정스럽긴 했다.
마샤와 나타샤에게 내 마음을 제대로 털어놓은
적이 없기 때문이었다. 그 애들이 나를 비웃을 것
같아서 겁이 났다.
페챠가 오빠를 만나러 집에 자주 온다는 이야기를
꺼낼 때마다 마샤는 미심쩍은 눈초리로 나를
바라보았다. (나는 손톱만큼도 관심이 없는 척
딴전을 피웠다.) 마샤는 남자에 대해서 무척
까다로운 편이다.
공연 날에는 내가 좋아하는 드레스를 입었다.
하지만 영하 7도나 되는 추운 날씨라서 보기 흉한
레깅스를 입을 수밖에 없었다. 마샤와 나타샤는
괜찮다고 했지만, 전차를 타고 가는 내내 마음에
걸렸다.

페챠가 다니는 '67학교'는 정말 대단했다. 학교가
큼직했고, 분위기도 밝았다. 여기저기에
학생들이 모여 앉아서 공부를 하거나
진지한 이야기를 나누고 있었다.
나는 그 학교가 마음에
쏙 들었다.

페챠가 내게 다가오더니 두 팔을 활짝 벌려 안아 주었다.
"이번 공연에도 네가 그렸던 포스터를 붙였어. 너도 봤지?"
페챠가 물었다.
나는 활짝 웃었다.

안녕,

잇잖아

……

"내가 카챠를 소개한 적이 있던가?" 페챠가 물었다.

페챠가 카챠의 어깨에 팔을 둘렀다. 카챠의
머리는 검은 단발이었다. 그 아이는 눈이
엄청나게 컸고, 손톱에는 검은 매니큐어가
칠해져 있었다. **게다가 담배까지 피우고
있었다!**

그 다음부터 넋이 나가서 하루가 어떻게 지나
갔는지도 제대로 기억나지 않는다. 연극은
괜찮았다. 작가 휴양지에서 만난 아이들이 모두
왔지만, 인사도 제대로 하지 못했다. 다행히도
마샤가 그 아이들을 다 알고 있어서 내가
새삼스럽게 소개할 필요가 없었다. 우리 동네로
돌아오면서 마샤와 나타샤는 연극과 마샤 오빠의
친구들에 대해 쉴 새 없이 조잘댔다. (나타샤는
그들 가운데 한 명에게 홀딱 빠져 있었다!) 하지만
나는 창밖만 바라보며 페챠와 카챠의 모습을
떠올렸다. 카챠는 정말로 멋졌다. 나는 죽었다
깨어나도 그렇게 멋진 사람이 될 수는 없을 것
같았다.

3월

만사가 귀찮아졌다.
밖은 춥고 어두웠다. 나는 보잘것없는
아이였다. 페챠가 나를 좋아할
가능성은 없었다. 학교는 따분했다.
모든 게 짜증스러울 뿐이었다.

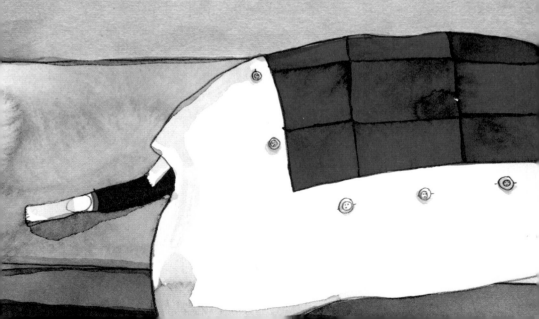

미국 로스앤젤레스에 사는 아빠가 나를 만나러 왔다.
아빠는 청재킷을 사 왔다. 미국에선 대유행이란다.
하지만 정말 그럴지 의심스러웠다. 무척 짧은
재킷인데 팔만 길쭉했기 때문이다.
아빠는 대단한 멋쟁이다.
우리는 자동차로 돌아다녔고, 좋은 식당에서 식사도
했다. 아빠는 내 친구들에 대해, 그리고 내 관심사에
대해 물었다. 지금도 테니스를 치는지도 궁금해
했다. 내가 그렇다고 대답하자, 아빠는 기뻐했다.
하지만 테니스를 안 친 지 일 년도 넘었다는
생각이 들자 서글퍼졌다. 내가 테니스를
그만둬서 아빠가 실망하지는 않을까.

마샤와 나타샤를 대하기가 조금 거북한 느낌이었다. 수학 수업에 대한 오해는 해결되었지만. 예전 같은 사이로 돌아온 건 아니었다. 수업에 잘 들어오지 않아서인지 마샤와 나타샤가 더 보고 싶었다. 학교 앞 거리에서 둘과 마주쳤다.
"수업에 안 들어오니?"
마샤가 시큰둥하게 대답했다.
"나중에."

마샤와 나타샤가 모퉁이를 돌 때 내가 소리쳤다.

우리는 학교에서 가까운
아르바트 거리로 갔다.
세련된 분위기를 풍기는
길이다. 아이스크림이나
작은 케이크를 사 먹을
수도 있다. 나는 아빠가
준 용돈으로 친구들에게
한턱냈다.

우리는 놀이 기구에 앉아서 속이야기를 나눴다

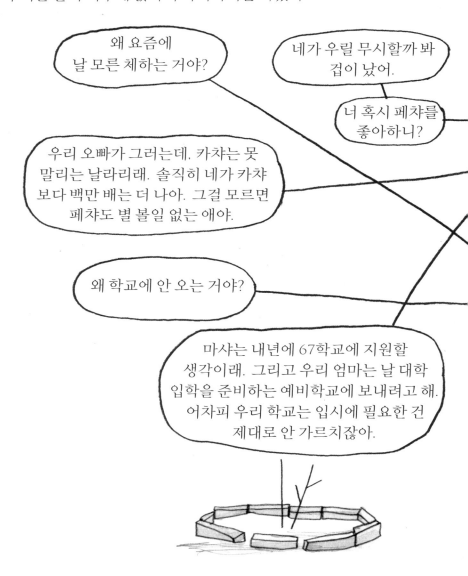

그랬
구나.

나 혼자만 아무것도 모르고
지냈다는 생각이 들었다.

우리는 이리저리 쏘다녔다. 정말 오랜만에
맛보는 즐거움이었다. 학교 수업을
빼먹었다는 얘기가 할아버지나 할머니의
귀에 들어갈까 봐 조금 겁이 났지만,
친구들과 함께하는 행복이 훨씬 더 컸다.
우리는 다시 하나로 뭉쳤다!

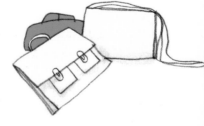

친구들 말이 옳았다. 페챠가 연극을 하던 날에 보았던 67학교의
멋진 광경이 떠올랐다. 거기에 들어가면 나도 카챠처럼 멋진
모습이 될지도 모른다. 그러면 페챠는 카챠 대신 나와 사귀게
될지도 모른다. (도대체 무슨 생각을 하는 거야? 페챠와 카챠,
그 둘은 이름까지 비슷하잖아! 내가 끼어들 틈이 없어. 다샤는
정말 촌스러운 이름이야.)

나는 갑자기 엄마에게 화가 치밀었다. 엄마는 나를 두고 혼자
미국에 갔다. 게다가 이렇게 형편없는 이름을 지어 주다니!

마샤와 함께 67학교의 지원 자격을 알아보러 갔다. 이 학교에
들어가려면 시험을 세 과목 치러야 했다. 문학과 수학은
필기시험이고, 외국어는 회화(말하기)시험이었다.
(나는 영어, 마샤는 프랑스어.)

과외 활동을 하면
입학하는 데 도움이
된다는 이야기도 들었다.

마샤는 집에서 자기 피아노로 연습할 수 있었지만. 나는
미술학교 수료증을 받아야 했다. 더구나 시험공부를 해야
했다. 나는 몇 주 동안 정말로 열심히 공부했다. 먹는 것도
자는 것도 잊을 지경이었다. 학교 수업에도 빠졌다. 입학
시험 공부는 혼자서도 할 수 있었다.

구성 시간에 막심이 또 내 곁에 앉았다.
나는 밤늦도록 공부하느라 몹시 피곤했다.
그림 솜씨는 나아지질 않았다.
몸이 아파 집에서 쉬고 있는 바랴가 보고
싶었다.

저기, 할 말이 있는데……

막심이 말을 걸어왔다.
나는 벌컥 화를 냈다.

항상 내 옆에 붙어 앉는 거니?
내버려 둬!

엎친 데 덮친 격으로. 할아버지까지 집에
돌아온 내게 잔소리를 했다.
"학교에 안 가다니. 이게 무슨 짓이니?"

할아버지는
아무것도 몰라요!
어차피 진짜
할아버지도
아니잖아요!

나는 소리쳤다.

나는 짐을 싸서 이모네 집으로 갔다.

4월

나는 부활절도 이모네 집에서 지냈다. 올해는 부활절이 무척
이른 편이라 날씨가 몹시 추웠다. 나는 이모네 집에 있을 때에만
교회에 나가지만, 부활절을 무척 좋아했다.

사람들은 부활절이 오기 전 40일 동안 사순절을 보내고, 부활절
전날인 성토요일에는 점심부터 행진이 끝나는 밤중까지 단식에
들어간다. 바랴와 나는 배가 고파서 조금 어지럽긴 했지만, 그저
즐거웠다.

단식이 끝나자마자 우리는 밖으로 뛰어나가, 엄마가 보내 준
달걀 모양의 초콜릿을 볼이 터질 만큼 입 안에 쑤셔 넣었다.
겉은 바삭바삭하지만 속에서 하얀 크림이 흘러나오는 부활절
초콜릿을 먹으면서 나는 온 세상이 다 내 것만 같았다.

목요일은 67학교 입학을 위한 마지막 시험을
치르는 날이었다. 며칠 전에 치른 문학과
수학 시험에서 나는 4등급과 5등급을 받았다.
잠을 줄여가며 공부한 보람이 있었다. 영어도
다른 과목처럼 잘 볼 수 있을 것 같았다.

가벼운 발걸음으로 버스에서 내렸다. 부활절
밤에 느꼈던 감정이 가슴속에 남아 있어서,
그 기운을 시험장까지 이어가고 싶었다.
기분이 좋았지만, 자칫 집중력이 흐트러지지
않도록 조심해야 했다.
게다가 오늘은 왠지 폐챠를 만날 것만 같았다.
학교를 향해 달렸다. 오늘이 바로 그날이다!
폐챠에게 내 마음을 고백해야지.
마샤의 말이 옳다. 나도 멋진 사람이다.

그런데 모퉁이를 돌자마자 페챠의 모습이
눈에 들어왔다.

제비뽑기로 주어진 주제는 '내가 지난여름에
했던 일'이었다. 질문에 대비하기 위해 미리
대답할 말들을 정리해 보려 했지만. 열심히
공부했던 영어 단어들이 생각나지 않았다.
아무 말도 떠오르지 않아서 '지난여름'이라는
말만 계속 웅얼거리는 사이에 다른 아이들은
모두 시험을 치렀고. 남은 사람은 나 혼자였다.

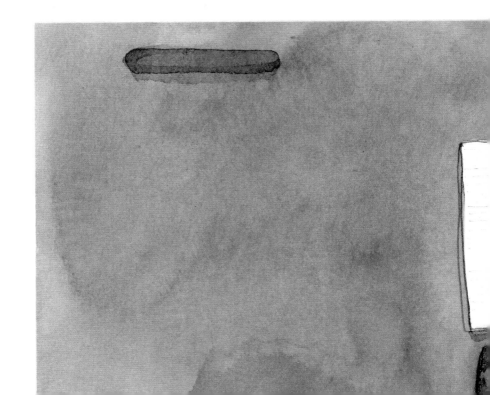

머릿속이 캄캄해졌다. 시험관은 지나칠
정도로 심술궂었다. 시험관은 나를 쉴 새
없이 몰아붙였고, 대답하려고 입을 열기가
무섭게 틀린 곳을 반복해서 지적했다.
울기 시작한 곳이 시험장이었는지 시험장
문밖이었는지도 모르겠지만, 한번 터진
울음을 멈출 수가 없었다.

복도를 달려가면서도. 학교 운동장에서도.
버스를 타러 가면서도. 버스 안에서도.
정류장에서 내려 우리 아파트까지 걸어가면서도.
엘리베이터 안에서도. 우리 집 문 앞에서
초인종을 누르면서도 눈물이 그치지 않았다.

할머니께 모두 털어놓았다. 망쳐 버린 시험, 폐챠,
바보 같던 내 모습, 심술궂고 얄미운 시험관에 대해서.

아가, 어쩌면 좋으니.

할머니는 나를 무릎에 누이고 가만히 머리카락을
쓰다듬어 주셨다.

정말 장하구나. 어쨌거나 너는 67학교에
들어가겠다는 목표를 세우고 모든 걸 혼자
해냈잖니! 원서를 넣고, 시험도 보고……

하지만 실패했잖아요!
인생을 망친 거예요!

나는 흐느껴 울었다.

저런. 네 인생은 지금부터 시작이야.
망친 건 아무것도 없단다.

할머니가 달래듯 말씀하셨다.

하지만 폐챠가……

할머니는 내가 잠들 때까지 잔잔한 손길로
머리카락을 쓰다듬어 주셨다.

5월

어느덧 봄이 찾아왔다. 나무들은 속이 비칠 만큼 투명한
초록 잎을 틔웠다. 하지만 우리가 정말로 봄을 느끼는 것은
외투를 벗고 교복만 입은 채 집으로 걸어올 즈음이 아닐까.

나는 한 학년이 끝나 가는 시기의 적적한
분위기를 좋아했다. 하지만 올해엔 마치······
온 세상이 통째로 바뀌는 것만 같았다. 마샤는
다른 과목에서 4등급과 3등급을 받았지만,
프랑스어 회화 시험에서 높은 점수를 받았기에
67학교에 합격했다. 나타샤는 아직 예비학교에서
통보를 받지 못했지만, 무난히 합격할 것 같았다.
혹시 떨어지더라도. 마샤가 빠지면 우리의
관계가 예전 같긴 힘들지 않을까. 친구가
잘되기를 바라면서도 막상 떠나보내기는
싫었기에 머릿속이 혼란스러웠다.

마샤는 절대로 변하지 않을 거라고 맹세했다.

그래, 우리 우정은 변치 않을 거야.

하지만 그동안 변한 점도 있었다.
페챠를 더는 좋아하지 않게 된 것이다.
왠지 막심에게 마음이 끌리는 것 같다!

막심에게,

잘 있니? 여름은 잘 보내고 있지?
방학 숙제는 좀 했어?
나는 풍경화를 두 장 그렸어.
곧 내 생일인데, 할아버지와
할머니에게 귀여운 토끼를
사 달라고 할 거야.

그럼 또 보자.

다샤가

6월

엄마가 집으로 돌아왔다.

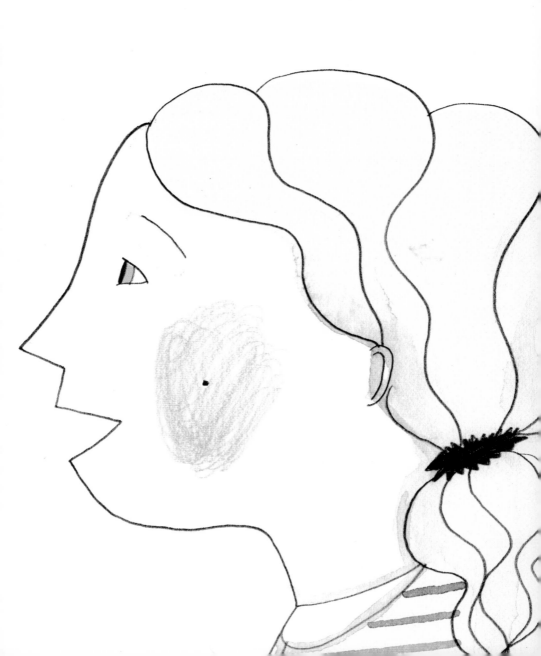

엄마와 만나서 너무 기뻤다. 엄마는 조금도
변하지 않았다. 엄마를 보니 한 해 동안
막혀 있던 숨통이 겨우 트이는 것 같았다.
하지만 예전과 달라진 것들도 있다. 이를테면
엄마가 분홍색 선물을 사 온 건 고맙지만.
지금은 좋아하는 색이 바뀌었다. 나는 작년
9월부터는 연보라색을 좋아하게 되었다.
하지만 엄마의 기분을 생각해서 아무 말도
하지 않았다.
아침에는 엄마가 토스트에다 잼을 발라
주었지만. 독일에 다녀온 뒤로는 초콜릿 크림인
누텔라를 더 좋아한다.

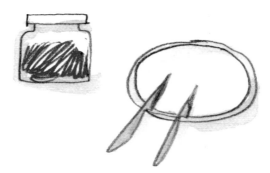

7월

엄마는 내가 가게 될 도시에 대해 설명해 주었다. 일리노이 주의 어바나라는 곳인데, 시카고에서 남쪽으로 몇 시간 거리에 있다고 했다.

시카고라는 도시 이름은 들어 보았다. 아빠가 좋아하는 밴드 이름이 시카고였고, 나도 그 테이프를 가지고 있다. 자기 분수를 모르는 사람에게 "여기가 시카고라도 되는 줄 알아요?" 라고 면박을 주는 말이 있다고 들은 적도 있다.

엄마는 어바나 시와 그곳의 대학에 대해, 새로 사귄 친구들과 하숙집 사람들에 대해 이야기 했고 사진들도 보여 주었다. 그러다가 이렇게 말했다.

"넌 이 방에서 지내게 될 거야."

할머니,
정말이에요?!

나도 슬펐다. 미국에는 가고 싶지 않았다.
엄마는 석사 학위를 받을 때까지 일 년만
함께 지내자고 했다. 하지만 미국은 너무
멀었고, 일 년은 너무 길었다! 내가 미국에
대해 아는 거라곤 〈바람과 함께 사라지다〉라는
영화에서 본 장면들과, 3학년 때 미국으로 간
친구가 보낸 편지 내용뿐이었다. 그 편지마저
언제부터인가 완전히 끊어졌다.

나는 나타샤와 마샤에게 전화를 걸었다.

나는 안 갈 거야.

우리 집에서 같이
살자. 온종일 토스트를
먹을 수도 있어.

나타샤는 예비학교 시험에
떨어져서 다시 우리 학교로
돌아오게 되었다.
나타샤는 몹시
우울해했다.

울고불고 애원해 보았지만, 똑같은
말만 되돌아왔다.
"가 보면 마음에 들 거야. 너 자신을
위해서도 가는 게 더 나아."

난 안 간다고요!

투정을 부려도 소용없었다.
지난해 여름처럼 모든 일이
일사천리로 진행되었다.
전화가 오갔고, 짐들이
꾸려졌다. 할머니는
8학년용 물리, 화학, 수학 교과서를 어디선가
마련해 오셨다. 내년에 돌아온 뒤에 치를
시험을 미국에서도 준비할 수 있다는 것이었다.

8월

이른 아침에 출발하게 되었다.
할 일이 많아서 (길게 줄을 서서 탑승 수속과 세관 신고를
하고도 여권 심사를 받아야 하기에) 공항에는 더 이른
시간에 닿아야 했다. 나도 여권을 가지고 있었다.
기착지인 아일랜드의 섀넌에서 엄마가 내게 예쁜 컵을
사 주었다.
그렇게 오랫동안 비행기를 타 본 것은 처음이었다.

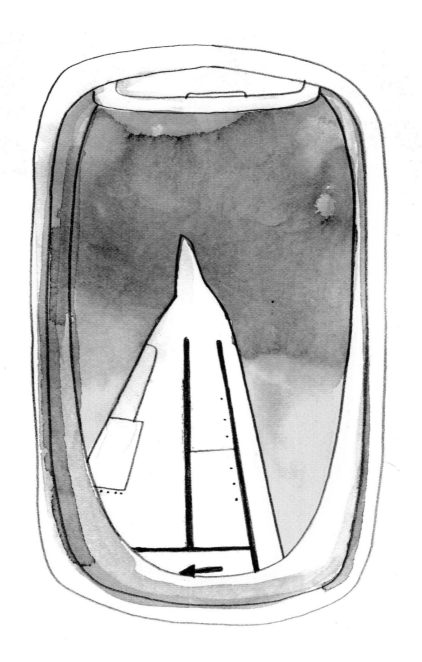

AME

시카고에 도착했다. 엄마와 한집에 사는 딕과 프랜시스가
우리를 마중 나와 있었다. 어바나까지는 자동차로 두 시간
걸렸다. 달리는 동안 구경할 만한 경치라고는 거의 없었다.
대부분 농장들이었다.
"미국에서는 옥수수가 많이 나."
딕이 말했다.
평평하고 단조로운 풍경이 마음에 들지 않았다.

RICA

미국

어바나의 집들은 대부분 정원이 딸려 있는 단층 또는
이층짜리 건물이다. 어디를 가나 차가 무척 많고, 가게에
갈 때에도 차를 타야 한다.
소매가 엄청 길고 몸통이 짧은 청재킷을 입은 여자애들이
여기저기 눈에 띄어서, 청재킷을 가져온 게 다행이라는
생각이 들었다.
프랜시스는 자기를 프래니로 불러 달라고 했다. 프래니는
샐린저라는 미국 소설가가 쓴 소설의 주인공이란다. 우리는
저녁을 오후 여섯 시에 먹었다. 나는 캠벨이라는 식품 회사의
버섯 수프나 데어리퀸이라는 패스트푸드점에서 파는 햄버거
따위를 알게 되었다. (내 입맛에는
버섯 수프보다 햄버거가 낫다.)

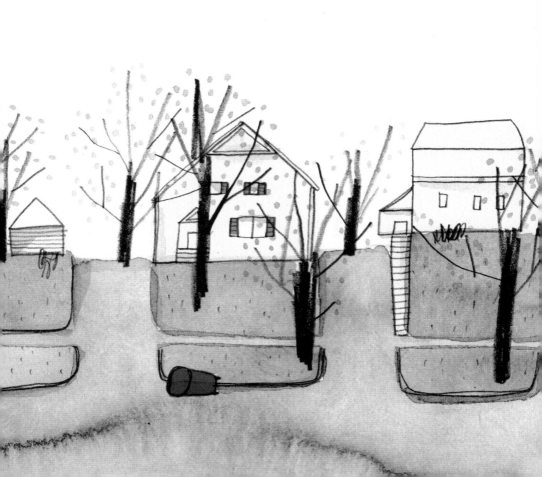

다음 주에 엄마는 나를 중학교에 등록시켰다. 그 학교는
6학년에서 8학년까지만 다니는 곳인데도, 내가 러시아에서
다니던 학교보다 훨씬 컸다. 교장 선생님이 우리를 데리고
건물들을 돌며 학교 안내를 했다.
엄마는 교장 선생님과 단둘이 이야기를 하러 교장실에
들어갔고, 나는 복도에서 기다렸다. 그런데 밝은 금발머리의
자그마한 여자아이가 다가오더니 내게 말을 걸었다.
"안녕? 나는 루이자야. 네 이름은 뭐니?"

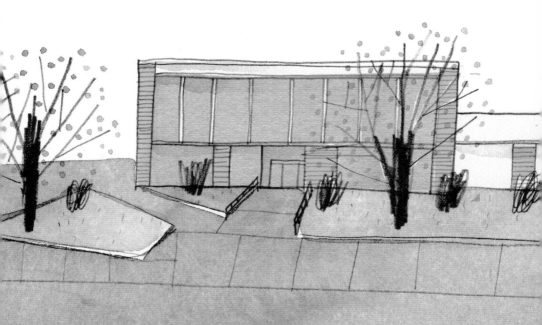

일상변주곡

우연한 음 이탈이 도돌이표 일상을 변주하다

일상변주곡

초판 1쇄 발행 | 2017년 2월 20일

지은이 | 베레카 권
펴낸이 | 공상숙
펴낸곳 | 마음세상

주 소 | 경기도 파주시 한빛로 70 507-204

신고번호 | 제406-2011-000024호
신고일자 | 2011년 3월 7일

ISBN | 979-11-5636-072-8 (03810)

문의 및 원고 투고 | maumsesang@naver.com
홈페이지 | http://maumsesang.blog.me
까페 | http://cafe.naver.com/msesang

이 도서의 국립중앙도서관 출판예정도서목록(CIP)은 서지정보유통지원시스템
홈페이지(http://seoji.nl.go.kr)와 국가자료공동목록시스템(http://www.nl.go.kr/
kolisnet)에서 이용하실 수 있습니다. (CIP제어번호 : CIP2017001237)

일상변주곡

베레카 권 지음

마음세상

인트로(Intro)

성공을 위해 바쁘게, 한시도 쉬지 않고 무언가를 하며 살아가는 현대인들. 익숙한 일상의 일이 아닌 '새로운 것에 대한 시도'는 바쁘다는 핑계로 차일피일 미루기에 십상이다.

흐드러지게 피던 벚꽃이 푸르러지고, 쏟아지던 태양의 열기가 서늘한 가을바람에 한풀 꺾이는 계절의 변화를 마음껏 만끽한 적이 언제였던가? '꿈', '도전'이라는 단어는 학창시절 앨범 속에서나 찾아볼 수 있는 옛 친구와 같은 존재가 아닌가?

모두가 저만치 멀리 보이는 무지개의 끝에 도달하기 위해 헉헉대며 달려가는 것처럼 보인다.

달려도, 달려도 늘지 않는 나의 달리기 속도.

쉬지 않고 달려가도 제자리걸음 같은 나의 일상.

나만 뒤처지는 것 같은 불안함이 생기기도 하고, 반복되는 어제와 같은 일상에 피곤할 때도 잦다.

왜 나는 금수저를 물고 태어나 놀고먹을 수 없는지 불평이 생기기도 한다. 누구도 믿을 수 없고, 믿다가는 언제 나를 밟고 올라갈지 모른다는 생각에 불필요한 경쟁태세를 갖추기도 한다.

'모두가 이렇게 살아간다. 이것이 평범한 인생이다.'라는 말로 하루하루의 삶에 지친 자신을 위안하지 않는가?

주위 사람들과 보폭을 맞춰가며 함께 희로애락을 누리며 살아가는 평범한 모데라토(보통 빠르기로) 인생은 아름답다. 그러나 성실하게 살아가도 달라질 것 없는 '뻔한 인생'이라는 뜻을 담고 '평범한 인생'이라고 표현된다면 참으로 쓸쓸할 것이다.

누구나 단 한 번의 삶을 부여받는다. 부자든 가난한 자든, 배운 자든 못 배운 자든 '단 한 번의 삶'이 주어진다는 사실 만큼은 공평하다. 내게 주어진 탄소 원자들을 어떻게 배열해가며 사느냐에 따라 다이아몬드 같은 인생을 살아갈 수도 있고, 연필심 같은 인생을 살아갈 수도 있다.

모데라토 인생을 반올림하고 아름답게 변주하기 위해서는 큰 변화, 큰 도전이 필요한 것이 아니다. 그저 내가 기쁘게 할 수 있는 '작은 도전'을 시도해 보려는 작은 다짐만 있으면 충분하다.

우연한 애드리브가 명대사, 명장면을 낳듯 우연히 시도한 '작은 도전'이 당신의 모데라토 일상을 아름답게 변주하게 해 줄 것이다.

작은 도전을 시도하면서 각자 인생의 포물선을 그어나가다 보면 반드시 교차하는 누군가의 포물선이 있고, 그런 만남을 있는 그대로 받아들이면 아름다운 화성이 만들어져 나의 일상변주곡을 더욱 풍성하게 해 줄 것이다.

바쁘다는 핑계로 '작은 도전'이 가져다주는 기쁨, 감사, 행복, 소통을 놓치겠는가? 실패가 두렵다는 핑계로 '작은 도전'을 시도해보지도 않고, 올지 안 올지 모를 내일로 미뤄버리겠는가?

'오늘(Present)'이 나에게 주시는 하나님의 '선물(Present)'이라는 사실을 기억하고, 지금, 작은 도전을 시작하라.

글을 쓰고 싶으면 지금, 노트와 펜을 들고 써라.

그림을 그리고 싶으면 지금, 붓을 들고 색연필을 들고 그려라.

노래를 부르고 싶으면 지금, 반주 음악을 틀고 불러라.

춤을 추고 싶으면 지금, 일어나 춤을 추라.

사랑하고 싶으면 지금, 고백하라.

작은 도전으로 단 한 번뿐인 당신의 일상을 아름답게 변주하라.

우연히 들고 읽은 기시미 이치로의 책 한 권, 부모교육, 글쓰기강의, 블로그, 그리고 매일의 글쓰기. 이 작은 도전들로 불혹의 나이에 접어든 나는 일상을 아름답게 변주해 가고 있다.

'단 한 번'이기에 더 소중한 나의 삶을 주신 하나님께 감사한다.

일상이 무한 반복되는 '노역'이 아니라 항상 새롭게 가치를 부여할 수 있는 '도전'이라는 것을 알게 해 준 우연한 나의 '음 이탈'에 감사한다.

모데라토 인생에 음 이탈을 가져다 준 아들러, 옥복녀 선생님, 이은대 작가님에게 감사한다. 나의 일상변주곡을 함께 아름답게 협주하고 있는 블로그 이웃, 꿈 동지들에게 감사한다. 나와 인생 포물선을 나란히 그어나갈 나의 반쪽, 내 남편에게 감사한다. 나에게 '엄마'라는 타이틀을 달아주고 여태껏 맛보지 못한 놀라운 것들을 선물하고 있는 나의 아들에게 감사한다.

나의 끝나지 않은 일상변주곡 다음 악장을 두려움보다 설렘으로 연주하려는 마음이 생겨 감사한다.

어설픈 나의 작은 도전인 이 책이 반복되는 일상에 새로운 변화를 갈망하는 누군가에게 살짝이라도 목을 축여줄 수 있다면 놀랍고 영광된 경험일 것이다. 나와 당신의 일상에 재미있는 협주가 될 것이다.

2017년 1월 베레카 권

제5악장
워킹맘의 네버엔딩 인생변주곡

제1악장
워킹맘의 도돌이표 인생

집―학교,
집―사무실

초등학교 입학식을 하루 앞둔 저녁, 내 머리맡에는 빨강 가방과 신발주머니, 예쁜 분홍색 원피스가 반짝반짝 빛났다.

첫째가 하는 것을 보며 저절로 자란다는 둘째인 나는 내일이면 언니처럼 학교에 간다는 생각에 좀처럼 잠들지 못했다. 그 학교 병설 유치원을 다녔기에 더 그랬는지 모른다.

입학식 날, 배정받은 교실에 들어가 유치원 때보다 몇 배로 많아진 친구 숫자를 세어 보고는 설렘과 흥분을 감출 수가 없었다. 동네에서 이미 알던 친구들도 많았지만, 옆 동네에서 온 처음 보는 친구들도 많았다. 호기심에 반짝이는 눈빛으로 거리낌 없이 인사하고, 먼저 말을 걸어 많은 친구를 사귀었다. 둘째 날도, 셋째 날도 학교 가는 길은 즐거웠다.

'학교에서 집으로 가는 길'은 향기롭고 다채로웠다. 만물상 같은 학교 앞 문방구, 내가 초등학교 입학할 즈음에 문을 연 '선물의 집'이라는 간판을 단 팬시 가게, 그때만 해도 예쁜 팬시나 소품이 귀했는데 눈이 휘둥그레지는 예쁜 인형들, 스티커, 학용품으로 가득 채워진 그 가게 앞을 지날 때는 한참을 멈춰 서서 유리창 너머 진열된 아기자기한 인형과 소품들을 넋을 빼고 본 뒤에야 발걸음을 뗐다. 몇 걸음 더 가면 '고뇌의 코스'가 있었다. 뚝뚝 떨어지는 꿀 호떡, 국물 흥건한 매콤달콤 떡볶이, 연탄불에 국자를 대고 젓가락으로 저어대던 달고나, 그 시절 내게 가장 고급스러운 간식이던 핫도그와 햄버거 수레가 즐비했다. 엄마가 주신 용돈으로 나의 입과 배를 함께 즐겁게 해 줘야 하는 시간…. 매일의 선택은 괴로우면서도 행복했다.

익숙해진 탓일까, 학년이 올라갈수록 매일 다니는 집-학교 길의 가게들은 그저 가로수인 양 더는 나의 호기심을 채워줄 환경이 아니었다. 친구들과 학교 운동장에서 늑목, 구름다리, 정글짐에서 실컷 놀고, 가게가 늘어선 도로변 길 말고 집들만 있는 지름길 골목으로 다녔다.

초등학교를 졸업하고, 나는 버스를 타고 몇 정거장 되는 거리에 있는 여자중학교에 입학했다. 처음으로 교복이라는 것을 입으니 한층 어른에 가까웠다는 기분에 괜스레 행동도 요조숙녀 흉내를 냈다. 여중, 남중으로 나뉘고 보니 엊그제까지 초등학교 운동장에서 같이 말타기, 비석 치기를 하고 놀던 사내아이들을 버스에서 만나도 서먹한 낯가림에 모르는 척하고 서로 차창 밖만 쳐다보았다. 희한한 일이었다.

중학생 시절 '집-학교 길'은 차창 너머 재빨리 흘러가는 가로수, 아파트, 차량 수에 비해 지나치게 너른 도로의 차선이 전부였다. 눈으로 보는 것들에 싫증이 나니 귀로 듣는 것으로 즐거움을 찾았다. 매일 밤 라디오를 듣다가 그 시절 내가 좋아하던 노래 제목을 이야기하면, 아버지가 출장 다녀오시면서 선물로 사다 주신 마이마이(카세트플레이어)에 공테이프를 넣고 녹음 버튼을 눌러 차곡차곡 나만의 음악 테이프를 만들었다. 완성했을 때의 성취감은 말로 표현할 수 없었다. 소중한 나만의 음악 테이프는 그 시절 나의 '집-학교 길'을 나만의 행복한 시공간으로 만들어주었다.

고입시험을 치르고 합격해야 인문계 고등학교에 진학하던 그 시절, 나는 버스로 한 시간이 넘는 거리에 있는 여자고등학교로 진학했다. 별이 촘촘히 뜬 새벽에 집을 나와 버스를 타고 못다 잔 쪽잠을 자다가 거의 종점 직전이 되어서야 학교 앞 정류장 도착이었다. 50도쯤 경사진 언덕을 총총걸음으로 10분 더 올라가야 학교 정문에 도착했다. 먹어도 먹어도 허기지던 이유가 매일 왕복 두 시간이 넘는 통학

거리, 경사진 언덕까지의 질주 때문일지도 모르겠다.

도시락 세 개를 싸 들고 와서 한 통을 아침에 먹고, 2교시 지나면 한 통 또 먹고, 점심은 매점에서 우동과 튀김만두를 먹고, 마지막 한 통을 저녁에 먹고 야간자율학습을 하고 거의 마지막 버스를 타고 집으로 돌아왔다. 아침에 본 하늘의 별들이 또 보였다.

한 반에 50명쯤, 한 학년이 28반이나 되었으니 수학여행을 가면 기차보다 더 긴 관광버스 행렬에 지나가던 사람들이 놀라서 가던 길을 멈추고 숫자를 헤아려 보곤 했다. 대학입시에 대한 중압감은 있었지만, 친구들과의 수다, 총각 선생님 바라기, 핵폭발보다 어마어마했던 먹방 퍼레이드로 하루하루 반복되는 삶에 위안으로 삼았다. 해 질 녘 잔디밭에 누워 우리의 미래처럼 어둑한 밤하늘을 바라보면서 서로의 고민을 나누며 숨은 별빛을 찾아내던 그 시절. 가장 감수성이 예민한 시기면서 향후 진로 결정에 대한 무게도 함께 감당해야 했기에 친구끼리 사소한 것에 서로 상처 주고받으며 수많은 사과, 해명, 화해의 편지가 오갔던 것 같다.

대학 진학 후 나의 '집-학교 길'은 시외버스와 지하철을 타고 편도 2시간이 소요되는 거리가 되었다. 4년 동안 집-학교를 통학했고, 나의 별명은 '8시 반 신데렐라'였다. 집으로 오는 시외버스 막차가 '8시 반'에 있어서 캠퍼스의 낭만(?)을 누리다가도 시계를 보다가 택시를 잡아타고 터미널로 달려갔기 때문에 붙여진 별명이다. 막차를 놓치면

10시 즈음부터 심야버스가 운행되긴 했지만, 시내버스를 타기가 쉽지 않은 시간에 도착하기 때문에 웬만하면 막차를 타고 다녔다. 대학 4년에 대학원까지 통학해온 언니의 전례대로 자연스레 통학하던 나는 2학년에 올라가면서 살짝 자취에 대한 꿈을 꾸게 되었고, 친구들과 독립할 터전을 알아보기도 했다.

하지만, '집-학교'만 반복하던 나는 '과연 내가 자취를 할 수 있을까, 밥은 어떻게 하지, 여학생 혼자 무슨 일 당하면 어떻게 하지?'하는 두려움과 걱정이 먼저 생겼다. 결국, 외삼촌 댁에서 몇 달 살아보는 것으로 나의 독립 시도는 끝나버렸고, 그마저도 '외가-학교 길'이 되어 귀가시간 1시간 늦춰진 것 빼고는 달라진 게 전혀 없었다.

초, 중, 고, 대학교로 진학하면서 나의 바운더리는 점점 넓어졌다. 하지만 나의 '집-학교, 학교-집' 생활은 하나도 달라진 것이 없었다. '고기도 맛본 사람이 잘 먹는다'는 얘기에 공감한다. 초등시절 호기심 많던 나는 학년이 올라갈수록 새로운 것에 도전하는 기회가 적었고, 변화를 기피하는 성향이 되어갔다.

"공부해라, 공부해라." 강요하지 않으셨던 부모님이지만, 착실하게 좋은 학업성적을 내는 언니의 존재가 무언의 강요였다. 재미있든 없든 그저 학생의 본분인 공부를 하는 것과 군것질, 수다 떨기 외에 '변화'를 시도할 기회가 없었다.

그런 내가 '캠퍼스의 자유, 낭만'이라는 판타지를 안고 대학생이 되었다. 요일마다 반별로 짜인 시간표대로 수업받던 고등학교까지의 생활과 달리 대학교는 학기별 필수 강의를 제외한 강의는 이수시간, 과목 모두 스스로 선택해야 했다. 성인이라는 타이틀을 부여받고 과연 모든 것을 스스로 선택할 수 있는 자유가 충분히 주어진 것이다. 하지만 그 자유로 나는 '햄버거'냐 '바게뜨'냐, '돈까스'냐 '쫄면'이냐를 선택할 뿐…. 두려운 변화, 도전은 회피하고 최대한 안정감을 주는 규율, 규칙, 연대의식을 쫓으며 살았다. 나처럼 타지에서 입학한 친구, 같은 고등학교 출신이 없는 친구 셋과 자연스레 연대 맺고 그 친구들과 의논해서 수강 신청하고, 딱 두 번 참석했지만 동아리 활동도 하고, '과팅'이라는 것도 한번 해 보면서 소속감, 안정감을 추구했다. 참으로 '64bit 컴퓨터'를 '16bit 컴퓨터'로 사용하며 대학 4년을 지냈다. 이런 나에게 '내일은 사랑', '우리들의 천국' 같은 청춘 드라마에 나오는 '캠퍼스의 자유, 낭만' 같은 판타지가 펼쳐질 리 없었다.

만년 학생이면 좋을 텐데…. 하는 마음이었지만, 우리는 취업을 해야 했고 뿔뿔이 전국으로 또다시 흩어졌다. 나에겐 또다시 '직장'이라는 무대에서 낯선 배우들과 함께 연기를 시작해야 하는 변화가 온 것이다.

장소만 옮겨졌을 뿐 변함없는 나의 생활 방식은 '집-사무실'이었다. 달라진 점은 '집-학교' 하면 돈이 나갔지만, '집-사무실' 하니 매달 돈이 들어온다는 것과 진한 연대감을 가졌던 학창시절 친구들 자리를 직장 동료들이 채우고 있다는 것이었다. 내 나이 서른 즈음까지 몇 번의 이직은 있었지만, 고집스레 '집-사무실' 생활 방식을 지키며 살았다. 정말 나만 이렇게 살았을까?

이십 대 말이 되니 흩어져 지내던 옛 친구들의 결혼 소식이 하나둘 들려 왔다. 언제 그렇게들 예쁜 사랑을 만들었을까? 처음에는 '결혼'이라는 미지의 세계로 먼저 걸음을 떼는 친구들의 화사한 신부 화장, 웨딩드레스, 웨딩마치를 간접 경험하는 것이 황홀할 지경으로 행복한 들러리로 참석했다.

하지만 한 살, 한 살 늘어가는 나이만큼 나의 우울 지수도 높아져, 결혼에는 관심도 없다던 초등학교 3학년부터 친구인 베프(제일 친한 친구)의 결혼 소식을 접했을 때는 해머로 쉴 새 없이 뇌를 강타당하는 기분이 들었다. 얼른 나도 하늘에서 완벽한 내 짝지, 내 반려자가 내 침대에 뚝! 떨어지면 좋겠다는 생각을 했다. 지금 생각해보면 역시나 수동적이고 소극적이던 나다운 생각이었다.

밑 빠진 독에 물 붓기,
살림

서른세 살 깊은 가을, 옆집 아주머니를 통해 한 남자를 소개받았다. 몇 번 만나고 맞이한 크리스마스이브에 친정엄마께 남자가 인사를 했고, 얼마 안 지나 남자의 엄마께 내가 인사했다. 급류에 휘말린 듯 상견례가 이루어졌고, 요즘으론 드물게 7개월 만에 결혼했다. 일년 뒤에 결혼을 생각해보자 했던 내게 7월 초, 에어컨 아래 웨딩드레스를 입혀준 남자와 함께 살고 있다.

결혼 전 데이트는 거의 '영화 보고 밥 먹기'가 다였다. 함께 여행한 거라곤 창녕 유채꽃 축제, 해운대 나들이밖에 없다. 코믹 멜로 장르를 좋아하는 나, 보는 영화는 늘 그런 종류였다. 클래식과 팝송을 좋아하는 나, 남자의 차에는 팝송 CD가 늘 꽂혀있었다. 독실하고 싶은 기독교인인 나, 무교라던 남자는 결혼 전 세례받기 위한 교육, 기초 성경 공부까지 마쳤다. 외모는 내가 꿈꾸던 이상형과 멀지만, 취향이나 성향이 비슷하다고 생각했다. 확고한 종교적 노력도 후한 점수를 주게 했다. 그래서 우리는 7개월 만에 결혼했다.

하지만, 결혼하고 보니 남편은 SF, 액션 영화 마니아였고, 클래식과 팝송이 아닌 구수한 트로트나 대중가요를 좋아했다. 주일 아침이면 뭉그적거리느라 주일 예배시간에 지각하기 일쑤였다.

달라도 너무 다른 취향의 우리 두 사람에게 7개월이라는 시간, 몇 번 안 되는 만남은 서로를 깊이 알기에는 턱없이 부족했다. 살짝 속은 기분이 들었다.

어쨌거나 심성 착한 남편과 연애하듯 신혼을 살아보자 했다. 대학, 대학원을 서울에서 나온 남편은 오랜 자취 경험으로 요리를 곧잘 했다. 소박맞지 않을(?) 솜씨였다.

그 나이 되도록 집안일이라고는 눈곱만큼도 안 해 본 나는 신혼에 대한 환상을 품고 있었다. 예쁜 앞치마를 두르고 보글보글 냄비에 국을 끓이고, 예쁜 계란말이와 삼색 나물을 차려내어 감탄하며 먹는 남편의 모습을 마주 보는 것도 그 환상 중의 하나였다. 그런데 신혼 초 남편은 내가 요리할 기회를 잘 주지 않았다. 지금은 그 시절이 하염없이 그리울 뿐이지만, 그때는 서로 요리하려고 냄비뚜껑 들고 싸우기도 했다.

'신혼'의 유통기한이 언제까지인지 물어보는 설문조사가 한때 있었지만, 그때 나에게 물어왔다면 내 대답은 '아이가 생기기 전까지'였을 것이다. 이 대답대로라면, 우리의 신혼은 일 년 만에 끝났다. 결혼하고 두 달 뒤에 바로 임신이 되었고, 다음 해 6월에 아이를 출산했으니 일 년 만에 나의 신혼은 끝났다.

맞벌이 부부인 우리는 아침과 저녁, 두 번을 집에서 먹는다. 평일 점심은 그나마 직장에서 각자 해결할 수 있는 것은 축복이다. 주말은 아침 먹고 돌아서면 점심이고, 또 돌아서면 저녁이다. 할 줄 아는 음식은 뻔하고, 그럴싸한 비주얼에 비해 형편없는 맛이 나는 결과물로 끼니를 채우는 것은 굶는 것 다음으로 힘든 일이었다. 차린 음식은 별거 없는데 나오는 설거지 그릇 수는 왜 이리도 많은지, 밥해 먹고 사는 것이 제일 힘든 일인 것 같았다. 그래서 주말엔 아침 빼고는 거의 외식을 하면서 합리적인 아웃소싱 부부라고 정당화했다.

아이가 생긴 후, 그나마 외식을 줄여 주말 한 두 끼 정도 하는 요즘은 '밥하고, 설거지하고, 후식 먹고, 설거지하고, 간식 먹고, 또 설거지하고'가 제일 비중이 큰 것 같다.

우리 식구는 꼭 아침을 먹는다. 그것도 아주 거하게 차려 먹는다. 제일 간편한 삼겹살, 소 불고기를 아침 시간에 해 먹는다. 밥을 먹고 나면 꼭 과일이나 요구르트로 후식을 먹고, 토마토를 갈아 후식의 후식으로 먹는다. 출근 준비와 아이의 등원 준비도 해야 하기에 자연스레 설거지는 퇴근 후로 미뤄 두고 집을 떠난다.

귀가해서 집에 돌아오면 가득 쌓여있는 아침 설거지, 바구니에 그득히 쌓인 빨래 돌리고 널기, 다림질하기, 아이 씻기기, 어제 돌린 아이 옷 개기…. 끝도 없고, 티도 안 나는 게 살림이라는 것을 6년 차 주부가 되고서야 알았다. 그나마 저녁 식사를 친정에서 해결하고 오는 날이 많다는 것은 워킹맘 주부로서 감사하고 복된 일이다.

일평생을 전업주부로 시어머니와 삼 남매, 때론 시댁 조카들까지 그 많은 식구를 위해 세 끼 식사를 몇 차례나 차려 내고, 삼 남매 도시락을 대여섯 개나 싸고, 설거지, 분리수거, 빨래, 다림질하고, 거실과 방, 마당과 대문 앞까지 청소했던 나의 친정엄마….

엄마도 처음부터 주부로 태어난 사람이 아니다. 가족들을 위해 '주부'가 된 사람이다. 결혼하고서야 여태껏 가족들에게 베푼 엄마의 수고와 희생에 진심으로 감사한 마음이 들었다.

나는 가정이라는 새 둥지를 갖게 되면서 '주부'라는 직책을 받았다. 맞벌이 부부의 특성상 살림의 여러 분야 중 몇 가지는 분업, 협업하지만 비중으로 따지면 어쩔 수 없이 내가 감당하는 부분이 더 많다.

초보 살림꾼은 장보기도 두렵다. 무슨 재료로 무엇을 만들어야 할지, 손질은 어떻게 해야 할지, 아는 게 없으니 선뜻 손이 가는 물건이 없다. 쓸데없이 과자와 과일만 가득 사 오기도 한다. 초보 살림꾼은 새로 나온 가정용품, 세제, 걸레 같은 살림 도구에 관심을 둔다. 왠지 도구가 최신식이면 살림도 잘 살아질 것 같은 착각 때문이다.

주부 5년이라는 언덕을 넘어오니 그나마 몇 가지 요령은 생겼다. 프라이팬으로 요리할 때는 소금으로 간하는 담백한 요리부터 하고, 그 팬에 양념이 들어가는 요리를 해서 설거짓거리 줄이기. 걸레는 여러 개 만들어 팍팍 닦고 모아서 세탁기 돌리기. 계절 지난 옷은 옷걸이에 신문지를 걸치고 옷을 걸어 보관하기. 베이킹소다를 활용하여 씻고 청소하기…. 미혼일 땐 관심 있을 리 없었던 '살림 노하우'를 포털 사이트에서 검색하고 있는 나의 모습은 '주부'가 맞다.

일요일 아침이면 숙주나물을 무치고, 애호박을 볶고, 표고버섯을 조리고, 멸치를 볶는다. 전쟁(?) 같은 일주일 동안 사랑하는 식구들의 아침 식사로 제공할 식량들로 냉장고를 채워가는 나의 모습은 '주부'가 맞다. 인터넷에는 넘쳐나는 다양한 레시피 중 제일 간편한 요리법을 취사선택하는 나의 모습은 '현명한 주부'가 맞다.

'화창하고 맑은 날씨'는 미혼일 땐 '딱 놀기 좋은 날씨'였지만, 지금은 '딱 빨래 말리기 좋은 날씨'라고 생각하는 나의 모습은 '주부'가 맞다. 출근해서 갑자기 소나기가 퍼붓기라도 하면 '베란다 창문을 열어두지는 않았나?'하는 생각부터 드는 나의 모습은 '주부'가 맞다.

먹는 건 좋지만, 분리 배출해야 하는 음식물 쓰레기가 나오는 건 싫다. 그래서 접시에 식구들이 먹다 남긴 한두 개 음식이 있으면 나도 모르게 내 입속으로 집어넣는다. 이런 나의 모습은 '주부'가 맞다.

제철 음식을 찾고, 영양성분을 따져보고, 이왕이면 예쁜 그릇에 담아내려는 나의 모습은 '주부'가 맞다.

여전히 부족하고 서툴지만, 최선을 다해 애쓰고 있는 나의 모습은 '주부'가 맞다.

때로는 '내가 지금 뭣하나? 무슨 부귀영화를 누리려고 이리 희생하나?'하는 부정적인 생각이 찾아와 '밑 빠진 독에 물 붓기' 같은 살림을 내려놓고 싶은 마음도 든다. 노동의 가치를 인정해주고 정당한 대가를 받을 수 있는 바깥일(직장생활)만 하고 싶다는 생각이 들기도 한다.

가시적인 성과가 뚜렷이 나타나지 않는 '밑 빠진 독에 물 붓기'가 '살림'이고, 출퇴근 시간도 없이 끊임없이 계속되는 생활이 '주부생활'이다. 그런데도 살림에 드는 노동에 대한 가치, 주부생활의 가치는 이 사회에서 너무나 평가절하되고 있다. 가족들을 위해 당연히 해야 할 의무처럼 주부들에게 희생만 요구해서는 안 된다. 이 땅의 모든 주부는 고귀한 희생과 충만한 사랑으로 가족구성원들의 건승을 밀어주는 최고의 후원자들이라는 사실을 모두가 잊어서는 안 된다.

도돌이표처럼 반복되는 주부생활, 우울해지지 않을 무언가가 필요하다.

이유식, 손빨래, 팔베개

아이가 생긴 후 나에게는 또 하나의 직책이 더 붙었다. 어쩌면 가장 감격스럽지만 가장 무거운 직책, 바로 '엄마'라는 직책이다.

임신테스트기 두 줄을 보고 신기하고 놀라워 친정엄마와 함께 찾은 산부인과….

"축하합니다. 임신입니다."하는 의사 선생님의 인사를 듣는 것이 일반적인 드라마 스토리다. 하지만 나는 그 인사 대신 "임신상황이 매우 좋지 않습니다. 난소에 9.5cm 종양이 있고, 자궁 내에 5cm 근종이 있습니다. 이 아이가 살아남을 수 있을지, 생명력이 있는지 일주일 더 지켜보겠습니다."라는 청천벽력같은 이야기만 들었다. 산모수첩을 받아 든 어린 엄마들 틈에서 더욱 초라한 기분이 들고, 불량 감자 같은 기분에 우울해졌다.

기도하는 마음으로 초조하게 일주일을 보내고, 다시 찾은 산부인과….

"아이가 생명력이 강하네요. 잘 착상되었습니다. 축하합니다. 임신입니다."

나에게도 드디어 드라마 같은 순간이 찾아왔다. 감사하고, 감사하고, 감사했다.

"콩닥콩닥…. 콩닥콩닥…."

떨리는 내 심장 소리가 들리는 걸까? 심장박동 소리가 들렸다. 뱃속에 콩알만 한 생명체가 내는 소리를 처음 듣는 감격은 경이 그 자체였다. 그날 나는 산모수첩을 잘 보이게 들고, 당당히 배를 내밀고 집으로 돌아왔다.

배 속에 아이를 품은 열 달 동안은 좋은 생각만 하고, 좋은 것만 보고, 좋은 것만 먹으려고 애썼다. 퇴근해서는 서툰 바느질이지만 배냇저고리, 손 싸개, 발싸개, 딸랑이, 속싸개, 블라블라 인형을 만들었다. 모차르트, 바흐, 쇼팽을 듣고, 꽃 화분도 여러 개 샀다. 초음파로 아이의 얼굴을 보는 날에는 일부러 단것을 먹고 아이가 신나게 움직이는 모습을 보려 했다. 아이를 기다리며 태교일기도 썼다. 크게 입덧 없이 마지막 날까지 운전도 잘하고 다녔다.

차돌박이가 먹고 싶어 미칠 것 같았던 날이 있었다. 남편은 사무실에 있었고, 친정엄마는 김장 배추를 절이고 있었다. 피곤한 친정엄마를 끌고 차돌박이를 먹으러 갔다. 배 속에 아이가 환하게 웃는 기분이 들었다. 아이를 품은 열 달은 참으로 축복 된 시간이었다.

임신은 힘들지 않았으나 출산은 죽고 싶을 만큼 고통스러웠다. 3분 간격으로 진통이 왔다. 출산 진통이 아니라 허리 통증…. 몸을 움직이면 무통 주사도 맞지 못한다는데, 이미 나의 요통은 무통 주사 불가할 만큼 잦았다. 산부인과에서는 무통 주사를 맞고 오라하고, 마취과에서는 움직임이 많아 못 준다 하고…. 눈물 나게 서러운 순간이었다. 상황이 딱했던지 마취과 의사 선생님이 시도는 해 보겠으나 실패할 때는 이런저런 부작용이 있을 수 있고, 무통 주사비는 청구하겠다고 하시면서 새우처럼 구부린 내 등에 무통 주사를 투입했다. 사람에 따라 6분에서 길게는 1시간이 소요될지 모른다고 했는데, 기적처럼 요통에 의한 움직임을 참으며 무통 주사를 무사히 맞았다.

쉴 새 없이 감사 인사하며 휠체어에 태워져 산부인과로 옮겨졌다. 하지만, 골반이 좁아 또 애를 먹었다. 결국, 간호사가 제왕절개를 요청하러 의사 선생님을 불렀다. 담당 의사는 9.5㎝ 난소 혹과 5㎝ 자궁근종 때문에 제왕절개를 하게 되면 대수술이 될 거라고 하시면서, 자연분만을 고집했다. 푸싱…. 짜 먹는 아이스크림을 누르듯 내 배를 두 번 푸싱했다. 죽는 듯 내뱉는 내 비명에 복도에 있던 엄마의 쓰러지는 울음소리가 들렸다. 몇 분간의 정적을 깨고 "선생님, 힘 대단하십니다."하는 간호사의 한마디. 그리고 "분만실로 자리 옮길게요." 하며 나의 침대를 급히 밀고 갔다. 하반신이 어찌 됐는지 모르는 상황이지만 정신은 너무나 멀쩡해서 더 두려웠다. 내가 누운 침대가 복도를 지날 때, 눈물범벅 된 엄마를 보니 미안하면서 위로가 되었다. 엄마도 나를 이렇게 힘들게 낳았겠구나…. 딸의 힘든 출산을 지켜보는 엄마의 심정이 어떠했을까…. 엄마가 되는 것이 정신적으로, 육체적으로 이토록 힘든 일인지 열 달 동안은 몰랐다.

태어난 아이는 참 예뻤다. 다른 사람들에게는 의미 없는 배냇짓을 보며 수고한 엄마에게 보내는 미소라고 팔불출처럼 자랑했다. 초유는 꼭 먹여야 한다며 잘 나오지 않는 모유를 억지로 짜서 먹이려 했다. 내 속에서 '모성'이라는 것이 튀어나와 스스로 놀라웠다.

안락한 조리원에서 여러 새내기 엄마들과 함께 남자들이 군대 이야기하듯 출산 이야기를 하며 깔깔 웃는 생활은 엄마가 되고 처음 하는 경험이라 재미있었다. 그곳에서는 아이와 함께 나는 돌봄을 받는 처지이었기에 몸도 마음도 편안했다.

집으로 돌아와서부터는 두 시간마다 울어대는 아이와의 전쟁이었다. 아이의 울음을 통역해주는 앱이 있으면 좋겠다 싶었다. 대체 왜 우는지 알 길이 없어 걱정되고, 짜증도 났다. 나의 면역은 떨어질 대로 떨어져 출산 후 대상포진을 두 번이나 앓았다. 한여름에 거위 털

이불을 꺼내 덮을 정도의 극심한 산후풍도 겪었다. 지금도 손목터널 증후군 증상에 잠을 깨기도 한다. 문득문득 모든 걸 내팽개쳐두고 사무실로 피신하고 싶었다.

수시로 기저귀를 갈아주어야 했고, 분유를 타 주어야 했다. 트림도 시켜줘야 했고, 정신 바짝 차리고 아이를 씻겨주어야 했다. '소통'이 아닌 '일방'적인 노동을 하는 기분에 우울해졌다. '일방'적으로 우는 것으로만 모든 감정을 표현했어야 하는 아이 마음은 어땠을지, 이제야 아이 관점에서 돌이켜 생각해본다. 못 알아듣는 엄마만 힘든 게 아니었을 것이다. 말 못하는 아이도 힘들었을 것이다.

아이가 까르르 웃고, 목을 가누고, 옹알이하고, 뒤집고, 걷고, 뛰고, 말하면서부터 그제 서야 정상궤도로 진입한 비행기처럼 행복한 육아 비행을 시작할 수 있었다. 죽이라고는 쑤어본 적 없는 내가 '엄마'라는 직책을 준 내 아이를 위해 온갖 정성을 들여 죽을 쑤었다. 종류도 다양하게, 재료 색깔도 골고루 해서 이유식을 만들었다. 이대로 죽 장사해도 될 것 같다며 남편에게 으스댔다.

건강하던 아이가 생후 8개월, 모체로부터 받았던 면역력이 떨어질 즈음에 '폐렴'으로 입원하라는 의사 선생님 말씀에 얼마나 펑펑 울면서 "입원하면 아이가 나을 수 있나요?" 했던가…. 오 헨리의 〈마지막 잎새〉에서 화가 존시의 병명이 '폐렴'이었기에, 초보 엄마인 나는 아이가 죽을지도 모른다는 생각에 펑펑 울며 처음으로 아이를 입원시

컸다. 서글프게 우는 내게 티슈를 내밀며 괜찮다고 얘기 건네주는 베테랑 엄마가 있었다. 그제야 나는 아이들이 감기가 심해지면 '폐렴'으로 발전할 수도 있고, 치료도 잘 되는 병이라는 걸 알게 되었다. 펑펑 울며 "나을 수 있냐, 살 수 있냐." 했던 내 모습이 얼마나 황당했을까…. 지금도 숨고 싶을 만큼 창피한 에피소드다.

생후 15개월부터 아이는 오전 어린이집, 오후 외할머니 집에서 돌봄을 받았다. 얼른 사무실로 피신하고 싶었던 엄마의 복직 때문이다. 외할머니의 정성스러운 음식, 넘치는 사랑으로 아이는 키도, 마음도 쑥쑥 자랐다. 아이가 커 갈수록 친정엄마는 야위어서, 결국 허리협착증으로 입원하게 되었다. 내 아이에게도, 나의 엄마에게도, 나의 형제들에게도, 과잉 충성하지 못하는 직장에도…. 나는 죄인일 수밖에 없었다.

만3세가 되니 육아가 재미있어지기 시작했다. 해맑은 아이 미소에 하루 피로가 녹아내리고, 예측불허 아이 발언에 배꼽 빠지라 웃었다. 매일 쏟아져 나오는 빨랫감은 세탁기가 알아서 빨아주었다. 그러나 손빨래를 피할 수는 없었다. 유성 매직을 그어오고, 점토를 묻혀 오고, 과즙 얼룩을 만들어 오기 때문에…. 새 운동화는 하루도 못 가 본연의 색을 잃고 온다. 멀쩡한 양말은 구멍이 뽕 뚫려 온다. 못 쓰는 칫솔을 들고 아이의 작은 운동화를 빨면서 개구쟁이 아이의 엄마라는 사실을 다시금 느낀다.

아이는 잘 때 꼭 엄마를 찾는다. 아빠랑 실컷 잘 놀고서도 잠잘 때는 꼭 엄마를 찾는다. 데굴데굴 굴러와 쭉 편 내 팔 위에 머리를 얹는다. 아이에게 아빠는 신나는 놀잇감이고, 엄마는 포근한 베개인가보다.

쉽게 잠들지 못하는 아이를 위해 이야기를 지어내서 들려주고, 그림자놀이를 함께 하고, 토닥토닥 자장가를 불러준다.

때로는 깊이 잠든 아이의 실수로 흥건해진 속옷과 잠옷, 이불을 벗겨내고, 교체하는 힘든 작업을 하기도 했다. 때로는 고열로 인해 불덩이 같은 이마와 몸을 젖은 수건으로 닦아주어야 했고, 수족구병으로 먹지 못하는 아이를 보며 같이 식욕을 잃은 적도 있었다. 수막염으로 입원했을 때는 '머리가 폭발할 것처럼 아프다'며 밤새 울며 보채던 아이, 그저 보고만 있어야 하는 안타까운 마음으로 함께 밤을 지새웠던 적도 있었다.

내 아이의 엄마가 되고, 나의 엄마를 돌아보게 된다. 아이를 품는 지금의 나와 같은 마음으로 나의 엄마가 나를 품어준다는 사실이 참 감사하고 위로가 된다. 이 세상을 살아가는 힘이 되어 준다.

사랑 없이는 하루도 감당할 수 없는 직책이 '엄마'다. 나의 엄마로부터 조건 없이 넘치도록 채워주는 사랑을 받았으니, 이제 그 사랑이 나의 아이에게 흘러넘치도록 부어주어야 한다.

나에게 '엄마'라는 귀한 직책을 주었으니….

고치고, 치이고, 빡치고

　공부하고, 대학가고, 졸업하고 나면 알아서 '직업'도 정해지고, '가정'도 주어지고, '행복'도 생겨날 줄 알았다. 무언가를 내가 찾아서 해야 하는 것이 익숙하지 않았다. 대학교와 전공도 '적성(적당한 성적)'에 맞춰 갔을 뿐…. 꿈이 있거나 목표가 있거나 포부가 있어서가 아니었다.

　내신 성적과 수능, 대학 본고사까지 치르고 들어간 대학교는 비록 지방대긴 하지만 이 지역은 물론, 수도권으로의 취업도 잘 되는 편이었다. 그런데 갑자기 터진 IMF 금융위기 사태 때문에 우리 동기들은 부모님을 생각해서 제주도로 떠날 계획이던 졸업여행도 취소해야 했다. 졸업을 앞둔 즈음에는 대기업 인재채용이 확 줄어들어 휴학하거나 공무원 시험공부를 하는 동기들이 많아졌다.

대학교에 다니면서도 나의 꿈은 그저 '평범한 주부, 평범한 아내'가 되는 것이었다. 직장생활을 하고 싶다는 생각은 전혀 없었다. 연애도 못 해 봤으면서 졸업과 동시에 결혼하고, 전업주부로서 살아가기를 꿈꾸기만 했다. 졸업 후 진로, 직업에 대한 생각이 있었을 리가 없다. 그랬던 내가 이렇게 결혼하고 애 낳고 나서도 이렇게 맞벌이를 하고 있을 줄이야…. 역시 사람의 앞날은 계획대로만 이루어지는 것이 아니다.

직장생활에 관심 없던 나였지만, 꿈꾸던 대로 '졸업과 동시에 결혼'은 전혀 약속된 바가 없었기에 하는 수 없이 이력서를 쓰고, 면접을 보았다. 졸업하면 친구들이 다 취업을 할 테니, 나 혼자 집에서 놀 수 없어 구직활동을 해야 했다.

대학 시절 개인 과외를 제외하고 딱 한 번 '회사'라는 장소에서 아르바이트해 본 적이 있다. 가장 오랜 친구 아버지가 다니시던 회사에서 친한 친구 셋이서 아르바이트로 한 것은 작은 6개 구멍에 베어링을 끼우고, 포장하고, 상자에 담는 단순 작업이었다.

공부만 하던 여대생들에게 '베어링 끼우기'는 신선한 재미로 다가

왔다. 현장을 통솔하시던 계장님은 "여대생 아르바이트에 일을 못 시키겠어. 다음부터는 여대생 아르바이트를 받으면 안 되겠어." 하시며 우리를 딸 대하듯 아껴주시고, 맛난 간식도 많이 사주셨다. 현장 직원 분들도 한결같이 친절하셨다. 그래서인지 '직장생활이란 것도 별거 없네. 공부처럼 쉽네.' 라는 생각이 들었다. 아르바이트 시작한 지 딱 사흘이 지나니 호기심 가는 것은 없었다. 반복되는 작업이 슬슬 지겨워졌고, 하루가 한 달처럼 느껴지기 시작했다.

우리 셋은 자연스레 업무를 순환 보직(?)하기로 했다. 한 시간씩 베어링 끼우기, 포장에 메모하기, 상자에 담기를 바꿔가며 하니까 그나마 시간이 빨리 가는 것 같았다. 해야 할 분량을 빨리 끝내고 나면 할 일이 없어 셋이서 눈 맞추고 놀아야 했기에, 속도를 조절했고 새로운 일거리를 찾았다. 위험하다고 못하게 하시던 프레스기는 동공이 커질 정도로 재미있고 신기했다.

방학 한 달 동안의 아르바이트를 끝내고 회사에서 꽂아주는 첫 월급을 받았을 때 나는 뭔가를 이룬 듯한 성취감과 나의 노동력이 금전 가치로 환산된다는 쾌감에 구름을 탄 듯했다.

약 15년 직장생활을 해 오고 있는 지금 생각해보면 처음 여대생 아르바이트를 고용한 회사 측의 넘치는 배려로 안락하게 아르바이트를 한 것 같다. 그리고 '한 달'이라는 기한이 있는 일이어서 생업을 위한 '치열한 노동'이라기보다는 '새로운 놀이, 경험'이라는 마음으로 감당했기 때문에 행복했을 것이다.

언제든지 돌아갈 수 있는 '대학교'가 있는 '학생 신분'으로 회사에서 잠시 했던 아르바이트가 '항구에 안전하게 밧줄로 고정되어 출렁출렁 파도타기만 하는 정박한 배'라면, 돌아갈 곳 없는 '직장인' 신분으로 임하는 나의 회사생활은 '정처 없이 표류하는 배'였다.

대학에서의 전공(일어일문학)을 살려 무역회사, 일본계 회사에서도 근무해 봤고, 전공과 무관한 CNC, 공작기계를 계발하는 벤처기업과 IT 분야 회사에도 근무해 봤다. 분야는 달랐고 그 정도도 달랐지만, 그저 '집-사무실' 출퇴근을 반복하는 생활이었다는 점, 과업이 떨어지면 소심하게 두려워하면서 해냈다는 점은 어디서나 똑같았다.

그리 길지 않은 기간 동안 몇 번의 이직을 하게 된 것은 대체로 '거주지' 문제 때문이었다. 20대, 무서울 게 없어야 하는 청춘인데 나는 집을 떠나는 것이 두려웠다. 내가 다니던 지사가 없어져서 수도권에 있는 본사로 옮겨야 하거나 하면 너무나 쉽게 '집 가까이 고만고만한 다른 회사에 들어가면 된다. 시집가면 애 키우고 살림 살면 되지, 집 떠나면 고생이다. 여기가 산업도시인데 나 하나 들어갈 데 없겠어?'라고 생각하고 그만두기를 몇 번…. 수동적이고 소극적인 태도, 그 시절 나는 그랬다. 좀 더 깊이 이유를 찾아보면 그때 나에게는 여전히 진로에 대한 확고한 목표, 꿈이 없었다.

'꿈, 비전' 이런 것은 초등학생 때 "너는 커서 뭐가 될래?" 하고 묻고는 뭔가 거창한 대답을 하면 기뻐하는 어른들을 위해 '지어내는 허상'일 뿐, 다 자란 어른에겐 있을 리가 없는 '현실과 다른 거짓'이라고 생각했다. 꿈, 비전을 위해서가 아니라 다들 먹고 살기 위해, 공부만 하고 있을 수 없으니, 돈벌이를 위해 일을 한다고 생각했다. 남들 다 일하는데 그냥 집에서 놀 수 없으니, 그러면 남들이 "멀쩡한 애가 왜 저러고 놀까, 쯧쯧" 하며 한심하게 생각할까 봐 나는 직장을 다닌 것이다. 인생의 행복, 즐거움은 취미나 여가선용에서나 찾을 수 있고 '직업으로써 해야 할 일'하고는 별개라고 생각했었다.

머칠 밤을 새워가며 작성한 사업계획서가 원안을 찾아보기 힘들 정도로 고쳐지기도 하고, 열심히 추진하던 사업이 한두 시간 회의로 무산되어 버릴 때도 있었다. 주 업무 외에 내가 처리해야 할 잡무들은 줄어드는 날이 없었고, 고객들의 불만 사항을 듣고 해결책을 함께 찾아야 했다. 출근하고 받는 첫 고객의 전화가 '욕설 종합 3종 세트'인 날은 왠지 하는 일마다 꼬이는, 요즘 말로 '빡치는' 기분이 들기도 했다.

다람쥐가 쳇바퀴를 돌리고 돌리듯, 벽시계가 똑딱거리며 쉬지 않고 흘러가듯 나의 재미없고 피곤한 회사생활은 그저 하루하루 버텨내야 할 운명 같았다. 일정하지는 못했지만 그나마 찾아오는 '퇴근 시간'이 희망이었고, 기쁨이었다.

어느새 나는 지금 이 직장에서 근무 12년 차에 접어든다. 지금 나의 직장생활도 예전의 '고치고, 치이고, 빡치는' 생활의 반복이다. 그러나 달라진 것이 있다. 직장생활을 하는 나의 태도. 인큐베이터에서 갓 나온 신생아 같던 20대 시절을 지나 지금의 나는 몇 번의 이직, 사랑과 이별, 결혼과 육아라는 경험이 쌓이면서 삶을 대하는 태도가 바뀌어 왔다. 아니 억지로라도 바꿀 수밖에 없었다.

'고치고, 치이고, 빠치는' 상황에 무게를 두지 않는 것. 그것이 워킹 맘이 삶을 대하는 태도로써 가장 현명한 선택임을 알게 되었다. 출산휴가, 육아휴직 동안 소심한 성격에 동네 엄마들과 어울리지도 못하고 일방적인 보살핌이 필요한 갓난아이와 덩그러니 둘이서 잘하지도 못하는 살림으로 스트레스받으면서, 남편 퇴근 시간만 기다리다가 갑자기 회식이라는 통보라도 듣게 되면 '왜 나 혼자만 육아 독박 써야 하는데? 왜 내가 이렇게 집에 갇혀 있어야 하는데?'하는 불만이 분노로, 우울감으로 내 아이와 귀가한 남편에게 표출되었다. 대학 시절의 '평범한 주부, 평범한 아내가 되는 것'이 꿈이었던 것이 얼마나 실현하기 어려운 꿈이었나 싶고, 차라리 직장에서 야근하는 것이 낫겠다는 생각으로 바뀌었다.

출근하려면 "응가~"하는 아이를 재촉해 얼른 볼일 보게 하고 씻겨서 등원시킨 후 사무실에 들어와 시계를 보면 딱 정각, 때로는 지각… 아이의 병원 진료 때문에 조퇴라도 내는 날에는 불편해하는 상사 눈치, 업무 대행해 줄 동료 눈치를 봐야 했기에 복직 후 출근하는 발걸음은 깃털보다 가볍지는 않았지만, 출퇴근 없이 계속 이어지는

'주부생활, 엄마 생활'에서 '직장생활'은 매일 나에게 규칙적으로 주어지는 '외출'이었다.

귀하디귀한 이 시간을 '고치고, 치이고, 빡치는' 상황에 집중해서 힘들어하며 보내기보다는 동료들과 함께 맛난 점심을 먹고, 갓 내린 따뜻한 커피 한 잔 들고 진한 커피 향기로 지친 심신에 위로를 주기도 하면서 직장에서 소소한 즐거움을 찾으며 시간을 보냈다. 업무나 상황은 변함이 없었지만, 결혼과 출산으로 생겨난 여러 역할 덕분에 나는 감사하게 집-사무실을 반복하고 있다.

무한반복 작심삼일
(다이어트, 어학, 독서)

먹는 본능에 충실한 나는 좋아하는 먹거리가 눈앞에 지나가면 부끄러울 정도로 눈이 따라간다. 기초대사량이 많은지 그나마 먹는 것에 비해 살이 찌는 편은 아니어서 168cm 키에 미혼 여성들의 평범한 옷 사이즈를 유지했다. 일 년 365일, 입맛 없다는 봄·여름, 살찌는 가을·겨울 내내 식욕이 떨어지는 날이 없다. 감기몸살로 몸이 안 좋을 때는 "아플 때 더 먹어야지"하고 평소 밥보다 더 먹는다. 심지어 체했을 때는 "먹어서 몸 어딘가에 걸려 있는 음식은 먹어서 밀어내야지" 하고 밥을 거르는 날이 없다.

먹는 행복을 빼고는 내 삶의 행복을 이야기할 수 없다. '다이어트'는 '다이(Die)'하기 위한 몹쓸 선택이라 생각했다.

임신했을 때에도 7개월까지는 임신한 표가 그리 나지 않았다. 그런데 마지막 두세 달은 내가 봐도 놀랄 정도로 매주 배 크기가 쑥쑥 커졌다. 검진을 가면 의사 선생님이 "경주 왕릉처럼 불렀네요. 하하" 하며 놀라 웃으실 정도로 쌍둥이가 든 배처럼 커졌다. 어마어마하게 몸무게가 불어났다. 입덧도 거의 없이 먹는 즐거움을 마음껏 누릴 수 있는 임신 기간은 먹보 새댁에겐 더할 나위 없이 행복한 시간이었다.

아이를 낳고 그날 저녁, 병실에 있는 체중계에 올라가 봤다. 충격이었다. 3.55킬로 우량아를 낳았는데 몸무게는 왜 그대로일까? 아이 무게, 양수 무게, 태반 무게가 빠져야 하는데 왜 고작 1킬로 정도만 빠진 걸까? 왜 여전히 경주 왕릉일까? 튜브에 바람 빠지듯 서서히 빠지려나? 퇴원 후 조리원으로 옮긴 후에도 초보 엄마들끼리의 관심사는 '살 빼기'였다. 누구나 출산 후에도 날씬한 연예인들처럼 아이만 낳고 나면 불어난 배가 쏙 들어가서 다시 S라인 몸매가 될 줄 알았는데, 피땀 흘리는 노력을 해야 겨우 예전 몸무게 근사치가 된다는 둘째 출산한 선배 엄마의 이야기에 슬슬 걱정되었다.

출산 후에도 이미 임신으로 늘어난 먹성은 좀처럼 줄어들지 않았다. "아직 안 나온 애가 하나 더 있는 거 아니야?"하고 남편이 놀려댔다. 모유를 먹이면 살이 빠진다는데, 모유도 잘 안 나와 분유를 먹여서 그런가? 원인만 찾아볼 뿐, 먹는 즐거움을 줄일 수는 없었다.

어느새 나는 복직을 했고, "어쩜 그리 먹고 또 먹어도 살이 안 쪄?" 하던 동료들이 이제는 "그래도 먹는 거치고는 안 찐다."하고 수위를 바꿔 말했다. 외출할 때는 고무줄 치마를 즐겨 찾게 되고, 엉덩이 덮이는 상의를 찾게 되었다. 그래도 먹는 즐거움은 줄일 수는 없었다.

우연히 예쁜 배경을 보고 본능적으로 찍은 나의 셀카를 보고 나는 '다이어트'를 결심할 수밖에 없었다.

사진 속에 보이는 컴퍼스로 그린 듯 둥그런 얼굴, 볼끈 묶어 올린 머리 때문에 더 도드라지는 이중 턱을 가진 낯선 여자를 보고, '다이 (Die)' 할 각오로 다이어트하기로 결심했다.

식전 두 알 먹으면 식욕을 억제해준다는 다이어트 약을 샀다. 며칠 동안 식사 30분 전에 나의 예전 몸매를 되돌려 줄 귀한 약 두 알을 정성 들여 꿀딱꿀딱 먹었다. 그리고 한결 편안한 마음으로 평소대로 양껏 먹었다. 결과는 그대로였다. "효과 없네. 허위광고에 돈만 날렸네." 하며 운동을 결심했다. 그러고는 하루 바짝 공중자전거 타기, 허리 돌리기로 숨이 찰 정도로 운동하고는 옆구리 당기고, 다리 뭉쳐서 못하겠다며 숨쉬기 운동만 되풀이했다. 나의 다이어트는 작심삼일만 무한 반복….

해외여행을 하든 해외 직구를 하든 가장 아쉬운 것은 영어회화였다. 유창하게는 아니더라도 내가 하고 싶은 말은 막힘없이 전달하고 싶다는 마음이 간절했다. 늘 해외 나갔다가 돌아오는 비행기에 올라타서는 '집에 돌아가면 꼭 영어공부를 해야지'하고 확고히 다짐했다. 비행기 내리면서 슬며시 그 다짐을 두고 내려서 그렇지….

아이를 키우면서 입문한 해외 직구는 그야말로 신세계였다. 아이의 옷가지, 영양제, 목욕용품 그리고 내 화장품과 잡화류까지 질 좋은 상품을 국내보다 저렴하게 살 수 있다는 사실이 놀라웠다. 하지만 치수를 잘 못 고르거나 액체용품이 새서 올 경우, 용기가 깨져서 올 때는 당혹스러웠다. 영어로 라이브 채팅을 하거나 취소, 교환요청 이메일을 보내야 했기 때문이었다. 라이브 채팅은 거의 단어로만 대화했고, 이메일은 문법이고 높임말이고 첫인사고 뭐고 다 무시하고 내 요구사항만 두어줄 써서 보내는 것이 전부였다. 답변을 받고 환불이 되면 '콩글리시로도 의사 표현이 되는구나'하고 놀랄 뿐이었다. 요즘은 한국 엄마들의 해외 직구가 늘어 한국 고객들을 위한 한국어 서비스를 제공하는 기업들도 많아졌다지만, 나의 영어 실력이 아쉬운 것은 여전했고, '꼭 영어공부를 하겠노라'하는 나의 다짐도 결의에 찼다가 시들해졌다가를 삼일마다 반복했다.

일어일문학과를 졸업한 나는 주변에서 지인들이 누군가로부터 일본여행 갔다가 사 온 약, 화장품 같은 제품을 선물 받았다면서 '뭐에 쓰는 물건인지, 어떻게 사용하는지.' 제품설명서 해석을 부탁받는 일이 종종 있다. "일문과 졸업했는데 이것도 몰라?"하는 수치를 당할까 봐 소심하게 눈으로만 쭉 읽어보고 다행히 사용방법을 대충 설명해 주고 나면 속에서 열정이 솟아났다. '내일부터 꼭 다시 일어 공부해야 겠어.' 하지만 이 열정도 한 끼 밥만 먹고 나면 기억조차 나지 않았다. 누군가 번역을 부탁하면 또 학구열에 불탔다가 시들해졌다가를 반복 했다.

매년 12월이 되면 다음 해 1월 첫날부터 채워갈 새 다이어리를 장 만하고 새해 계획을 적는다. 새해 계획에 꼭 들어가는 것이 '독서'다. 읽고 싶은 책 목록을 적고, 체크리스트를 만든다. 일주일에 책 1권씩 읽기…. 새해가 되면 바쁘다는 핑계로 자진해서 목표를 수정한다. 한 달에 책 2권 읽기…. 한 달에 책 1권이라도 읽기로…. 책 읽기를 좋아 하는 내가 꼭 지키고 싶은 '일주일에 책 1권씩 읽기'도 계속되는 작심 삼일 계획이다.

무한 반복 작심삼일 계획은 다이어트, 어학, 독서뿐만이 아니다. TV 드라마 끊기, 과자 줄이기, 출근 시간 10분 앞당기기 등등…. 많은 것들이 있다.

'이번 수목드라마는 이미 본 거니까 끝을 봐야 하지. 이것만 보고 안 봐야지.' 하고 결심하며 매주 수목드라마를 본다. 스토리가 끝나갈 즈음 되면 더 재미있어 보이는 다음 수목 드라마 예고편이 그 결심을 흔들어버린다. 작.심.삼.일….

사무실에 앉아서 과자 한 봉지를 열면 남겨두지 못하는 성격에 배

고프지 않아도 한자리에 다 먹어치운다. 하루에 먹는 과자량을 줄여 보자고 과자 몇 개만 덜어 먹어도 보았지만 봉해둔 봉지를 또 열고, 닫는 수고만 더해질 뿐, 결국 한 봉지 다 먹게 된다. 내일부터, 내일부터…. 무한 반복 계획 미루기….

 아침 시간을 정돈된 모습으로, 차분하게 시작하면 업무능률도 오르고 나의 기분도 좋을 것 같아서 결심한 '출근 시간 10분 앞당기기'는 아침 시간 10분이 얼마나 많은 것들을 할 수 있는 시간인지를 깨닫게 해주었다. 시계를 보며 평소 나서던 시간에서 10분 앞을 목표로 열심히 출근 준비, 식사 준비, 아이 등원 챙기기를 한다. 한눈팔지 않고 부지런히 챙겼음에도 불구하고 아이는 아직 밥을 씹고 있고, 세수도 안했고, 설거지는 당연히 할 수 없다. 10분 앞당기기는커녕 지각만큼은 면해야겠다는 각오로 아이 입에 밥을 쑤셔 넣다시피 떠먹이고, 고양이 세수시키고, 옷을 입혀 허겁지겁 나선다. "내일은 꼭 일찍 챙기자." 하며 아이게 내 다짐의 말을 건네기가 매일 반복된다….

페르마타(늘임표)
붙이고 싶은 휴일

내게 주어진 여러 역할 중에서 '주부 역할'도, '엄마 역할'도 출퇴근 시간이 없다. 평일이고 주말이고 그대로 이어진다. 금전적인 대가는 전혀 없다. 대가라면 가족들의 미소, 건강, 행복감이고, 그마저도 내가 느끼는 만큼만 챙겨갈 수 있다. 월급도 아니고, 일급도 아닌 시급에 가깝다. 요리가 아주 잘 되어서 맛나게 먹는 아이를 보면 내가 가져가는 대가가 큰 때도 있지만, 아이가 반찬 투정을 늘어놓거나 "엄마, 싫어!"하는 소리를 할 때는 그야말로 마이너스 시급이다. 보람은 커녕 억울함에 눈물이 나기도 한다.

정해진 출퇴근 시간이 있고, 꼬박꼬박 금전적으로 대가를 주는 것은 '직장인 역할' 뿐이다. 다른 사람과 구별되어 명확하게 내가 해내야 할 과업이 정해져 있는, '업무분장'으로 보호(?)받을 수 있는 것도 '직장인'역할 뿐이다.

'주부 역할', '엄마 역할'이 '절대평가'라면 '직장인 역할'은 '상대평가' 다. 절대평가는 나 혼자만의 과거, 현재, 미래시제를 비교한다. 어느 시점에서의 부족한 점을 찾으면 '다음에는 안 이러면 되지!' 하는 마음 에 유일한 평가대상자인 자신에게 관대해진다. 그에 비해 상대평가 는 동일 시제 (과거면 과거, 현재면 현재, 미래면 미래)에서 타인과 비 교한다. 다른 사람의 실적과 나의 실적을 비교한다.

우리는 '절대평가'일 때보다는 '상대평가'일 때 스트레스를 더 많이 받는다. 그래서 출퇴근 시간도 없고 금전적인 대가도 없는 '주부 역 할', '엄마 역할'보다는 '직장인 역할'에서 더 스트레스를 받는 것 같다. 닷새 동안 수고하고 얻는 이틀간의 휴식은 눈물 나게 매운 찜을 먹은 뒤의 소프트아이스크림처럼 달콤하다.

새해 달력이 나오면 제일 먼저 연휴가 얼마나 되는지 빨간 날 배열 부터 훑어본다. 설마 나만 이럴까?

경쾌한 CD를 틀고 흥얼흥얼 따라 부르는 나의 금요일 퇴근길은 '금 쪽같은 휴일의 문'으로 이어지는 황금길이다. 금요일 밤에는 잠이 잘 오지 않는다. 평소 9시만 되면 꾸벅꾸벅 졸던 내가 금요일에는 11시, 12시가 되어도 초롱초롱하다. 특별히 해야 할 일이 있는 것도 아닌데

'내일이 휴일이다.' 싶은 마음에 몸도 마음도 설렌다.

휴일 아침은 알람이 울리지 않는다. 금요일 밤늦게 잔 탓에 '부디 이 잠에서 깨지 않기를'하는 마음으로 뻗어 잔다. 완전 이완…. 일찍 잠든 아이는 어김없이 일찍 일어나 '물 달라, 밥 달라'며 엄마, 아빠를 깨운다. 이때가 가장 중요한 타이밍이다. '엄마 좀 더 잘게. 아빠한테 달라 할래?' 하는 멘트를 누가 먼저 선점하느냐에 따라 맞벌이하는 우리 부부 중 한 명의 휴일 아침 봉사가 정해진다. 멘트를 선점당하면 벌떡 일어나 아이에게 물을 부어주고, 아침밥을 해야 하기 때문이다. 그동안 다른 한 명은 까슬까슬한 이불 감촉을 2~30분 더 느낄 수 있다.

이완된 몸은 늘어질 대로 늘어져 소파와 혼연일체가 되고, 멍하니 TV만 보면서 금쪽같은 휴일 오전 시간을 허비하곤 한다. 빈둥거리는 부모를 가만둘 리 없는 여섯 살 아들…."심심해", "외식할 거야.", "놀러 가자."를 외치기 시작하고, 늦은 점심을 사 먹으러 나선다.

'주5일제'가 시행되고 예전과 비교하면 우리나라도 '레저, 관광산업'이 많이 발달한 것 같다. 클릭만 하면 떠날 수 있는 국내, 국외 여행 상품들이 소셜 사이트마다 넘쳐나고, 산과 바다에 우후죽순 펜션들이 들어섰다. 짧은 시간 동안 널리 퍼진 캠핑 열풍은 놀라울 정도다.

은빛 반짝이는 바다 위에 튜브 하나 띄우고 철썩이는 파도 소리를 듣고 있노라면 엄마 배 속에서 헤엄치고 있는 듯 기분 좋다. 고요한 산속에서 초록 내음 맡으며 눈을 뜰 때는 '잠자는 숲속의 공주'가 금방 잠에서 깨어난 듯 우아하게 기지개를 켠다.

호텔 조식은 초보 주부의 아침밥 메뉴 결정과 서툰 요리 실력에서 오는 스트레스로부터 해방감을 준다. 물론 뒤따라오는 귀찮은 설거지, 뒷마무리도 없다. 그저 맛난 음식 차려주면 감사히 먹으면 된다.

동화 속에나 나올 법한 예쁜 펜션에서의 하룻밤도 좋다. 그곳에 머무는 동안만큼은 예쁜 집의 주인이 되어 소꿉놀이하듯 놀고 오면 되니까.

북적거리는 놀이동산도 재미있다. 흥분상태로 뛰어다니는 아이와 한마음이 되어 마음껏 소리 지르며 롤러코스터를 타는 짜릿함이란 일상에서 누릴 수 없는 카타르시스를 준다. '어른스럽다'는 말은 '자기 감정을 잘 감출 줄 아는 스킬을 가지는 것'이라고 착각하며 살아왔다. 기뻐서 촐랑대고, 슬퍼서 징징 울지 않는 것…. 그것이 '어른스럽다'는 말이라고 스스로 정의 내리며 무거워지려 했던 나의 '어른'으로서의 삶에 해방감을 준다. 놀이동산은 마음껏 행복한 비명을 지르고, 마음껏 스릴에 전율하는 즐거움을 준다.

기차여행은 그림처럼 스쳐 지나가는 바깥 풍경을 보는 것도 재미있고 간식 나눠 먹는 것도 재미있지만, 다녀와서의 추억은 더욱 아름답게 포장이 되어 힘들고 지친 일상에서 꺼내보며 다시 기차여행 떠나는 로망을 품게 한다.

때로는 무작위적인 휴일도 행복하다. 가는 사람, 오는 사람, 신경 쓸 사람 없이 멍하니 있어도 되는 휴일이다. 불편한 옷에 곱게 화장을 하고, 힐을 신고 나서는 평일과 달리 슬리퍼에 반바지 복장이라도 괜찮다. 머리 안 감고 눈곱만 뗀 얼굴이라도 괜찮다. 쉴 새 없이 울려 대는 전화도 없고, 윙윙거리는 팩스 소리도 없다. 졸리는 아침 회의도 없고 결재 스탠바이, 결재 보류하는 긴장감도 없다.

단지 '직장인 역할' 하나 떼는 것뿐인 휴일이 참 반갑다. 달콤하다.

그러나 반가운 휴일에도 예외는 있다. 그중 하나가 '명절 휴가'다. 명절 휴가에는 '주부 역할', '엄마 역할'에 '며느리(사위) 역할', '숙모(삼촌) 역할' 등의 역할들이 더해진다. 이 역할들은 이미 '결혼'과 동시에 생겨난 것들이지만, 각자의 삶이 바쁜 평소에는 다행히 요구되는 사항이 크지 않은 역할들이다. 그러나 설, 추석 명절 휴가가 되면 평소보다는 살짝 요구 사항이 많아지는 역할들이다.

잊혀 지내다가 명절 휴가에 되살아나는 이 역할들은 자연스럽게 우리를 '상대평가'의 환경에 놓이게 하고, 그만큼 스트레스에 노출되게 한다. 양가 부모님께 드리는 용돈의 많고 적음부터, 음식의 솜씨, 자녀들의 학업성적 등 여러 가지가 '상대평가'의 환경이 된다.

다른 휴일들에 비해 조금 피로한 명절 휴가에는 특별히 피로회복제가 필요하다. 먹는 피로회복제 말고,

남편의 '토닥토닥 안마' 피로회복제 말이다. 하지만 비싼 처방전이

라 쉽게 탈 수 없는 피로회복제기도 하다.

어떤 휴일이든 쉬는 동안에도 시간은 야속하게 흘러간다. 평일 근무시간보다 휴일 노는 시간은 분명 더 빨리 흘러가는데, 시계는 왜 똑같은 시간이 흘렀다고 말하는 걸까? 참으로 불가사의하다.

놀 때는 생생했는데, 왜 집으로 돌아오면 온몸이 쑤시고, 뻐근하고, 아파지고 싶어질까? 몸살이든 배탈이든 무섭지 않을 만큼만, 내일 "아파서 사무실 출근 못 하겠어요."하는 말이 거짓이 아닐 정도로만 살짝 아팠으면 좋겠다는 유치한 생각도 가끔 했다.

직장인이면 누구나 월요병을 앓았거나 앓고 있을 것이다. 처리해야 할 문서들, 해결해야 할 고객 불만 사항들이 나를 기다리는 곳. 내일이면 그곳으로 다시 돌아가야 하는 휴일의 마지막 밤은 할 수만 있다면 언제까지나 '페르마타(늘임표)'를 붙이고 싶은 간절한 마음이었다.

잃어버린 악보

　초등학생 시절, 피아노 콩쿠르에 나간 적이 있다. 서울에 장기 출장 중이던 아빠께 온 가족이 올라가 어린이대공원과 놀이동산에 놀러 가기로 계획한 날 하필 콩쿠르가 잡혔다. 피아노 치기를 좋아는 했지만, 놀이동산만큼은 아니었다. 콩쿠르 참가를 취소하고 함께 놀이동산에 가는 것이 나의 속마음이었지만 콩쿠르를 위해 수도 없이 연습해왔던 노력이 아까워서 결국은 콩쿠르에 출전했다. 엄마·아빠 대신 대학생이던 사촌오빠와 할머니가 응원단으로 함께 했다.

　사촌 오빠와 할머니를 관객석에 두고 혼자 무대에 오르니 말할 수 없이 떨려왔다. 심장박동수가 올라가는 만큼 나의 연주는 제 박자를 잃고 점점 빨라졌다. 악보를 외워 연주해야 했는데 머릿속에 도무지

음표, 세기, 박자가 생각이 나지 않았다. 걷잡을 수 없이 빨라진 연주를 내가 어떻게 멈춰야 할지 모르고 당황했는데 시간 종료 벨이 울렸다. 어떻게 인사를 했는지 기억도 안 나게 내려와 얼마나 울었는지 모른다.

놀이동산도 포기하고 참가한 콩쿠르를 망친 것 같아 속상했다.

연습할 때는 마음속에 악보가 그려져 있어서 잘 연주했는데, 큰 무대, 많은 관중 앞에서 처음 연주를 하려니 전혀 마음속에 악보가 그려지지 않았다. 마음속에는 온통 앞서 연주한 참가자들의 멋진 연주와 관객들의 우렁찬 박수 소리밖에 들리지 않았다.

'우와 잘한다. 박수도 많이 받네. 나는 저 사람보다 잘할 수 있을까? 틀리면 어쩌지?'하는 비교에 대한 불안과 결과에 대한 중압감으로 내 마음은 이미 꽉 차버렸기 때문에 머릿속으로 악보를 그려갈 틈이 없었다.

언제부턴가 나의 삶은 아침부터 밤까지 쉴 새 없이 분주했다. 시곗바늘이 매 순간 내 등을 밀 듯 시간에 쫓기며 하루하루를 살아갔다. 뭔가 뚜렷한 성과도 없이 바쁘기만 했다. 멈추면 태엽을 감고, 또 멈추면 태엽을 감고…. 마치 태엽 인형처럼 반복되는 일상의 스케줄대로 나는 일어나고, 일하고, 잠들면서 그저 내게 주어진 시간을 채워가며 살았다. 왜 사는지, 무엇을 위해 사는지, 어디를 향해 가는지를 물어볼 겨를도 없이 해가 뜨고 해가 저물었다. 내 인생의 악보를 잃어버린 채 다른 사람들의 연주실력만 내 눈에 담고 살았다.

모두가 저만치 앞서 달려가는 것 같고, 나만 뒤처지는 것 같은 불안한 마음에 인생의 제 박자를 잃고 다른 사람의 연주를 쫓아갔다. 마음 속에 악보를 잃은 나는 나의 인생 연주가 아닌 다른 사람의 인생 연주를 모방 연주할 수밖에 없었다.

특별한 계획이 있었던 것도 아닌데 남들이 휴학하니 나도 휴학을 했다. 남들이 취업 준비를 하니 나도 취업 준비를 했다. 남들이 결혼해서 애 낳고 사니 나도 결혼해서 애 낳고 살았다. 그때까지 내 인생의 연주자는 내가 아니었다. 누군가에 의해, 어떤 상황에 의해 내 인생의 연주는 오락 가락이었다.

'일거리가 주어졌으니 일하고, 결혼했으니 살림을 살고, 아이가 생겼으니 엄마 노릇을 한다.'는 수동적인 생각이 내 마음에 가득했다. 이런 수동적인 생각은 '나는 의도하지 않았으나 어쩔 수 없이 하고 있다.'는 묘한 피해 의식을 심어주었고, 의도하지 않았는데 주어진 나의 현실에 불만을 느끼게 했다. 현실에 대한 불만은 다시 '공부만 하고 용돈 받아 쓰던 학창시절이 그립다.', '미혼 시절의 자유가 그립다.'는 식의 과거지향 사고를 갖게 했고, 과거지향 사고는 다시 끊임없이 내가 못 가본 길에 대한 후회와 미련으로 현재의 내가 번지를 잘못 찾은 우편물 같은 느낌이 들게 하는 악순환을 반복했다.

수동적으로 변해버린 나는 삶이라는 것이 호흡하면서 '살아가는 것'이라는 생각보다 호흡이 붙어 있으니 '살아지는 것'이라고 생각하게 되었다.

'모두가 이렇게 살아간다. 이것이 평범한 인생이다.'라는 생각에 자신의 삶을 한정 짓고, 주어진 일상의 바운더리를 바꾸어보려고 시도하지 않았다. '시도할 수 있다'는 사실조차 잊고 지냈다.

과거 속의 나는 한순간도 '희망 사항'이 없었던 적이 없다.

'대학만 가봐라. 마음껏 놀기만 할 테다. 청춘을 불태울 테다.'

'남자친구만 생겨봐라. 다른 친구들 다 부러워 쓰러지는 연애를 할 테다.'

'직장만 가져봐라. 내가 갖고 싶은 건 다 살 테다.'

'결혼만 해봐라. 멋진 집에서 맛난 음식 차려 먹고 우아하고 고상하게 살 테다.'

'아이만 낳아봐라. 커플룩 입고 부러움의 시선을 받으며 외출할 테다.'

그러나 내게 펼쳐진 현실은 '희망 사항'과 전혀 달랐다.

대학에 가서도 나를 위해 기다리고 있는 청춘 로맨스는 없었다. 주어진 자유를 제대로 쓸 줄 몰라 4년을 그대로 허비해 버렸다. 제대로 놀지도 못했고, 청춘다운 열정을 불태우며 이룬 일도 없었다.

남자친구가 생겼으나 내 눈에만 멋있고 새로울 뿐, 남들이 볼 때는 '영화 보고 밥 먹는 것'뿐인 평범하고 시시한 연애에 불과했다.

직장에 들어가 꼬박꼬박 들어오는 월급으로 갖고 싶은 옷, 가방, 화장품을 샀지만, 만족감도 잠시뿐. 또다시 나의 위시리스트에는 수십 가지가 다시 채워졌다.

형편없는 요리에 끝없는 살림 거리에 치여 드라마 속 우아하고 고상한 사모님 모습과는 전혀 거리가 먼 주부 모습이 현실의 결혼생활이었다.

아이와 멋지게 커플룩은커녕 기저귀, 분유, 보온병, 여벌 옷, 장난감으로 꽉꽉 찬 기저귀 가방을 의상 콘셉트와 상관없이 매고, 거울도 제대로 보지 못하고 외출해야 했다.

오지 않은 미래에 대한 무한 긍정으로 치우쳤던 나의 희망 사항들은 전혀 다른 현실로 펼쳐졌고, 그 괴리감은 점점 나에게 '포기'를 가르쳐 주었다.

'희망은 희망일 뿐, 현실에는 없다.'

'적당히 살다가 적당히 죽는 것이 평범한 인생이다.'

'금수저 태생, 은수저 태생, 흙수저 태생…. 태생은 안 변한다'

이런 시니컬한 생각은 만사에 소극적인 내가 되게 했고, 의욕을 잃게 했다.

의욕을 잃은 삶은 점점 더 자신감을 잃게 하였고, 자신감을 잃은 나는 모든 일에 두려움과 불안을 느끼는 지극히 "작은" 사람으로 변해갔다. 그럼에도 불구하고 꿋꿋하게 다시 살아갈 수 있었던 힘은 성경이었다. 긍정의 힘이 가득한 성경을 곁에 두고 읽으며 마음을 다잡았다.

학창시절, 취업준비생 시절 나를 지탱해준 성경 말씀은 온통 '능동적인 도전'의 메시지들이었다. 무언가 긴박하고 간절한 상황이었기에 그런 메시지를 마음에 새겼을 것이다. 어느 정도 안정이 주어진 뒤부터는 말씀을 찾아 읽지도 않을뿐더러 '무사안일'하게 하루하루 잘 넘어가기만 바랐다.

나의 악보 없이 어깨너머 다른 사람의 악보를 보며 모방 연주하기도 쉽지 않다.

다른 사람이 연주를 멈추면 나도 멈추어야 하고, 다시 시작하면 나도 해야 한다. 다른 사람의 무심코 던진 말 한마디에 나의 하루 기분이 좌지우지되고, 의미 없는 몸짓 하나에 숨은 뜻이 무엇일지 해석하려는 노력을 들여야 한다. 다른 사람의 눈치를 봐야 한다.

"악보 없이도 지금 연주를 잘할 수 있다."고 해도 그것은 영원하지 않다. 언젠가 작은 외부의 변화상황에 분명 멈춰버릴 연주다. 잃어버린 내 인생의 악보, 다시 찾고 내가 그려나가야 한다.

내 인생의 연주자는 내가 되어야 한다.

베레카가 전하는 일상변주곡
"웃음"

웃음,

오늘 몇 번이나 웃으셨나요?

웃음은

'빛'의 다른 말일지도 몰라요.

당신의

호탕한 웃음 한 번에

옆에 있는 누군가의 마음이
환하게 밝혀질 거예요.

나는 지금 또
웃습니다.

가슴이 시원해질 정도로 웃어본 적이 언제였던가. 아주 어릴 적 배
꼽을 잡고 쓰러질 듯 웃었던 때가 분명 있었을 터다. 물론 어른이 된
지금도 미소 짓고 웃을 때가 적지 않지만, 왠지 그 시절 깔깔대며 숨
이 넘어가듯 웃었던 감정을 기억하기는 쉽지 않은 듯하다.

삶이 고달프고 힘겹다는 이야기를 종종 듣게 된다. 그럴 때마다 나
자신을 돌아본다. 고개를 끄덕이며 함께 슬퍼하고, 위로해주고, 격려
해주며, 용기를 줘야만 하는 걸까.

언제나 밝은 모습으로 살아갈 수만은 없다. 때로는 힘겨운 삶에 어
깨가 축 늘어지기도 하고, 가슴이 북받쳐 눈물이 쏟아지기도 한다.

분명한 것은, 삶이란 원래 이런 거라는 사실을 받아들여야 한다는
사실이다. 그럼에도 불구하고, 소중한 나의 삶이 지금도 계속되고 있

다는 사실.

  그래서 웃는다. 내 마음을 밝게 하고, 곁에 있는 소중한 사람들의
마음을 밝혀줄 수 있는 유일한 표정.

  어떤 위로나 격려보다도, 그저 밝게 웃는 나의 표정이 훨씬 더 큰
힘이 되어주리라 믿는다.

제2악장
워킹맘의 모데라토(보통 빠르기로) 인생

모데라토 인생 39년

나는 달리는 것을 좋아하지 않는다. 특히 '오래달리기'는 나에게 쥐약이다. 어쩔 수 없이 달려야 한다면 그나마 짧은 순간 숨을 참고 열심히 뛰어버리면 끝나는 '100m 달리기'가 낫다.

걷는 것은 좋아한다. 땀나고 숨 차는 '빠른 걸음 걷기'보다 배와 다리에 힘을 다 빼고 터벅터벅 걷는 것을 좋아한다. 친구와 함께 보폭을 맞추어 걷는 것을 좋아한다. 앞서거니 뒤서거니 하며 눈치 볼 필요 없고, 일등과 꼴찌로 구별될 필요 없는 '걷기'를 좋아한다. 친구의 손을 잡거나 팔짱을 끼고 걷는 것을 좋아한다.

마흔에 들어선 내 인생을 뒤돌아보면 '참 평범하게 살아왔구나.' 싶은 마음이 든다. '평범하다'는 것이 '평탄하다'는 의미는 아니다. '평탄하다'라는 말의 사전적 뜻은 '일이 순조롭게 되어 나간다.'이고, '평범하다'라는 말은 '뛰어나거나 색다른 점이 없이 보통이다.' 라는 뜻이다.

나에게도 10대, 20대, 30대의 고민거리가 있었다. 10대 때는 친구와의 관계, 보이지 않는 미래에 대한 두려움으로 고민했고, 20대 때는 청춘의 심벌 여드름과 회피할 수 없는 직업의 선택으로 고민했다. 조금 늦었지만 30대에는 사랑과 이별, 결혼에 대해 고민했다. 개인에 따라 순서는 다를지 모르겠으나 비슷비슷한 고민거리를 하며 살아왔을 것이다.

그 시절, 그 고민은 개미 앞에 놓인 바위처럼 크고 높았다. 손거울 속 뾰루지만 돋보기로 보듯 도드라져 보이는 것처럼 그때는 그 고민만 크게 보였다. 지금 되돌아보면 '별것도 아닌 걸 가지고 그랬나.' 싶지만, 그때는 죽고 못 살 정도로 생존을 건 심각한 고민이었다.

초등학교 고학년이 되었을 무렵, 안경을 끼는 친구들이 많아졌다. 시력 좋았던 나에게 왜 그리도 안경이 폼 나 보였을까? 그때부터 나는 "어떻게 하다가 안경 썼어?"하고 묻기 시작했다. 한 친구는 "엄마가 TV를 가까이서 봐서 그렇대" 하는 팁(?)을 주었고, 또 다른 친구는 "누워서 책을 봐서 그런 거야" 하고 귀띔해주었다. 그날 저녁, 나는 TV 만화영화를 코앞에서 보았다. 자기 전 동화책도 엎드렸다가 누웠다가 하며 읽었다. 당장 안경을 쓸 만큼 눈이 나빠지지는 않았지만 또래집

단의 소속감, 친구들과의 공감대확보는 나의 최고 관심사였다. (훗날 안경을 쓰긴 썼다)

중, 고등학교 때는 친구들 사이에 인기가 많은 브랜드 옷, 가방에 눈을 떴었다. 몇 년 전 모 브랜드 다운 점퍼 때문에 일부 아이들의 바람직하지 못한 행동이 사회적 이슈가 되기도 했지만, 나의 학창시절에도 나름의 유행이 있었다. 교복을 입고 다닌 터라 평소에는 개성을 표현할 수 있는 것이 교복 치마 길이와 가방 정도밖에 안 됐다. 교복 치마허리를 두 번 동동 걷어 말아 올리면 그 시절 유행에 뒤처지지 않는 딱 예쁜 길이감이 나왔다. 그 시절 베네통의 원색 컬러 가방은 칙칙한 무채색 교복에 산뜻한 포인트를 주었다. 겨울이면 너 나 할 것 없이 교복 재킷 위에 더플코트를 걸쳤다.

봄, 가을 소풍과 수학여행 일정이 나오면 며칠 동안 오만가지 애교로 엄마한테 예쁜 짓을 해서 친구들 사이에 인지도가 있고, 선호하는 브랜드의 청바지와 맨투맨 티, 남방을 사달라고 조르곤 했었다. 그 시절에는 친구들과의 관계가 가장 중요했고 소속감, 동질감을 느끼는 것이 행복이었다.

20대 때는 하나, 둘 올라오는 여드름 때문에 괴로워했다. 왜 그런 생각을 했는지 모르겠지만, 고등학생 때까지도 나는 몽땅한 내 손가락이 20대가 되면 길쭉하게 예쁜 아가씨 손이 되고, 노란 보름달 같은 내 얼굴도 갸름하고 뽀얀 계란형 아가씨 얼굴이 될 줄 알았다. 그런데…. 한창 날씬하고, 예쁘고, 상큼해야 할 20대에 여드름이 나다니! 모두가 내 여드름만 보는 것 같고, 마음 아프고, 속상하고, 우울했다.

지금 나이에 20대 여대생들을 보면 그냥 풋풋하고 예쁘다. 여드름이 좀 나 있어도 그다지 눈에 들어오지 않는다. 청춘 그 자체가 예뻐 보인다는 말이 실감난다. 하지만 그때의 내 눈에는 손거울 속 얄밉게 올라온 여드름만 돋보기로 보듯 도드라져 보였다.

앞에서 이야기했듯이 나 또한 20대엔 '취업'이란 것을 두고 고민도, 방황도 많이 했다. 길지 않은 기간 동안 몇 차례 이직하면서 다양한 업무 경험을 쌓을 수 있었던 것은 지금에 와서 생각하면 하나도 버릴 것이 없는 귀하고 감사한 시간이지만, 그 당시에는 수많은 이력서와 자기소개서를 작성하고 면접 보러 뛰어다니고 몇 번의 불합격 통보를 받으면서 많이 울기도 했고, 낙담하기도 했다.

누구나 풋풋한 첫사랑의 기억이 있을 것이다. 이성에 대한 호감, 연애와 결혼에 대한 막연한 환상과 기대감은 항상 품고 살았지만, 크리스천인 나는 본의 아니게 보수적인 금욕(?)의 생활을 해왔던 것 같다. '연애=결혼'이라는 생각에 연애감정을 품는 것 자체가 죄짓는 것 같은, 지금 생각하면 참으로 후회스럽고 왜곡된 감정이지만 그땐 그랬다. 몇 번 안 되지만 알고 지내던 이성으로부터 고백을 받으면 '어딘가에 진짜 나의 짝이 있을지도 모른다.'라는 염려에 피하고, 어색한 사이가 되지 않으려 애썼던 것 같다. 어디서 만나든 나의 짝은 후광이 비쳐 한눈에 알아볼 수 있으면 좋겠다고 생각했다.

　서른 살을 몇 달 앞에 둔 스물아홉 살 겨울, 나에게도 조금 늦은 첫사랑이 찾아왔다. 하늘은 핑크빛이고, 별일 아닌 것에 헤픈 웃음을 날리고, 별일인 것도 가볍게 넘기고 있는 낯선 내 모습. 그게 '사랑'이라는 감정이 부리는 요술일까? 세상의 모든 사랑 노래들은 내 마음을 베껴 쓴 것 같았다. 재미있는 영화, 드라마는 왜 이리 빨리 끝나는 걸까. 세상을 다 가진 듯 행복했던 시간이 지나 '지구의 종말' 같은 이별의 시간도 나를 찾아왔다. 먹성 좋은 내가 몇 끼니를 거르고, 웃음도 잃었고, 안색도 잿빛으로 변했다. 세상의 모든 이별 노래들이 내 심정을 노래하는 것 같았다. 추운 겨울, 하얀 눈이 내리면 아련하게 떠오르는 첫눈처럼 맑은 첫사랑의 기억이 나에게도 있다.

　몇 명의 노크에도 꿈쩍 않고 굳게 닫혀있던 내 마음을 빼꼼 여는 새로운 사랑이 찾아왔다. 순박하고 선한 웃음으로 뭐든지 내게 맞춰주려던 그 마음을 처음에는 '언제까지 가나 두고 보자.'하는 몹쓸 마음으로 시험하듯 대했다. 그래서 나는 상처 주는 말도 쉽게 내뱉었고, 그는 받아냈다. 감정의 묘한 주종관계(?)를 한 채 그 사람의 적극적인 추진력에 이끌려 만난 지 7개월 만에 우리는 결혼을 했다.

　꽁꽁 언 연못에 다시 봄꽃이 내릴까 싶었는데, 언제 겨울이었나 싶게 봄꽃이 흐드러지게 폈다. 상처에 새 살이 차오르듯 다시 먹성을 회복했고, 활기찬 웃음도, 생기발랄한 안색도 되찾았다. 연애 기간이 짧왔던 우리는 못다 한 밀당(밀고 당기기), 감정싸움을 하면서 여느 집 풍경처럼 그렇게 지지고 볶는(?) 생활을 해 가고 있다. 이제야 내 짝, 내 인생의 반려자에게 감사한 마음과 사랑하는 마음을 고백한다. 물론 지금도 미울 때는 밉지만 말이다.

'모데라토'는 음악에서 '보통 빠르기'를 지시하는 빠르기말이다. 나의 지난 39년은 남들보다 앞서지도, 그렇다고 심하게 뒤처지지도 않는 딱 '보통 빠르기'의 인생인 것 같다. 그 나잇대에 누구나 하는 평범한 -하지만 그 당시에는 아주 심각한- 고민을 하면서, 평범하게 살아왔다. 전체 기간으로 보면 생각의 폭, 경험의 넓이, 고민의 종류들이 작은 포물선들로 완만한 우상향 그래프를 이어온 것 같다. 작은 포물선들의 오르막, 내리막 시점과 그래프의 경사진 정도는 모두가 다르겠지만 '우상향'이라는 것은 비슷할 것이다. 왜냐하면, 누구나 '성장'하니까.

우리의 인생 경주는 모두 출발지가 다르듯 목적지도 다르다. 그래서 상대적인 비교, 평가는 의미가 없다. 때로는 나만 힘든 것 같고, 내가 넘어야 할 언덕만 높게 보인다. 하지만 다른 사람들 또한 각자 나름의 힘듦이 있고, 넘어야 할 언덕이 있다. 결국, 각자의 인생을 그래프로 그려보면 들쭉날쭉한 포물선들이 우상향하는 형태라는 것은 비슷하다. 그런 점에서 내가 39년간 '모데라토 인생'을 산 것은 당연한 일이다.

모데라토 인생의
장점, 단점

내가 살아온 '모데라토 인생'은 오랜 시간 동안 나에게 '평균'이 주는 위안과 '평범'이 주는 유대감을 느끼게 해주었다. 모데라토 인생의 장단점을 생각해보았다.

모테라토 인생의 장점

'보통'이라는 동질감

'평균'이라는 위안

'평범'하다는 유대감

'다수'라는 안도감

모데라토 인생은 '보통'이라는 동질감을 준다

머리카락 색은 흑갈색, 얼굴색은 노르스름한 살 색, 그리 오뚝하지 않은 둥근 코, 속 쌍꺼풀과 보조개, 전체적으로 동그스름한 얼굴형을 가진 나는 '보통'의 동양인 모습이다. TV에 나오는 연예인들은 갸름한 V라인 턱선과 커다란 쌍꺼풀, 여러 가지 색깔 염색을 해서 서구적인 모습이지만 주변을 돌아보면 나와 비슷한 눈, 코, 입, 얼굴색, 머리카락 색을 한 사람들이 더 많다. 분명 나는 '보통'의 동양인이다.

나는 김치를 좋아한다. 임신 초기에도 갓 담은 김치를 찾았을 정도로 김치를 사랑한다. 라면이든 스파게티든 볶음밥이든 스테이크든 다 잘 어울리는 음식이 김치라고 생각할 정도로 김치를 사랑한다. 나는 월드컵 경기를 보며 "대~한 민국! 따다 따따따!"를 외친다. 붉은색만 보면 가슴이 뛴다. 외국에서 한국말이 들리면 귀 쫑긋 세우고 들으며 기뻐한다. 분명 나는 '보통'의 한국인이다.

내 아이 또래를 보면 나도 모르게 내 아이와 발달수준을 비교해본다. 아이가 아프지 않고, 다치지 않기를 바란다. 서툰 솜씨지만 내 아이를 위해서 밥을 하고 조금이라도 더 많이 먹이려고 한다. 생선을 좋아하지 않는 내가 아이를 위해 생선 비늘을 다듬고 노릇노릇 굽는다. 내 아이가 친구들과 잘 어울리며 생활하기를 바란다. 좋은 선생님을 만나기 원하고, 꿈을 가진 아이로 자라기를 바란다. 아이의 사랑 고백에 온종일 히죽히죽 웃는다. 내 아이가 살아가야 할 이 세상이 밝고 따뜻했으면 좋겠다는 생각을 한다. 분명 나는 '보통'의 엄마다.

나는 '보통'의 대한민국 사람으로서, '보통'의 엄마로서 불필요한 이목을 받지 않고 '동질감'을 느끼고 살아간다.

모데라토 인생은 '평균'이라는 위안을 준다

학창시절 나는 수학을 무척 싫어했다. 애초에 수 관념에 대한 흥미가 없었고, 지끈지끈 머리 아픈 과목이라고 스스로 단정 지어 버려서인지 고학년으로 올라갈수록 수학 성적은 '로또' 방식이 되어갔다. 운좋게 공부한 문제가 나오거나 찍은 문제가 잘 맞으면 수학 성적은 좋았고, 그렇지 않으면 정직하게 공부한 대로만 나왔다. 수학 과목을 대하는 나의 마음은 '평균만 넘자, 다른 과목으로 만회하자.'였다.

'수학' 과목의 재미를 뒤늦게 맛보여주신 고3 담임 선생님을 만나서 그나마 성적을 만회했고, 서술식 본고사까지 치르고 대학을 갔지만, 오랫동안 '평균'이 주는 위안을 누렸던 기억이 난다.

일 년에 한 번씩 아이를 데리고 소아청소년과 영유아검진을 간다. 가장 관심이 가는 것은 항상 아이의 '키'다.

여섯 살인 아들은 지금까지 계속 '평균' 범위에 속하는 키와 몸무게를 유지해오고 있다. '내 아이도 남들처럼 잘 자라고 있구나.'하는 위안은 모든 것이 불안한 초보 엄마에게 더없는 안심을 준다.

사흘마다 해외여행을 하고, 쓰고 싶은 대로 펑펑 쓰고 살 수 있는 부자가 아니어도 나보다 형편이 어려운 누군가를 위해 후원 다이얼 한 번쯤은 돌릴 수 있다는 사실에 위안을 얻는다.

모데라토 인생은 '평범'하다는 유대감을 준다

나는 요즘 유행하는 '아재 개그'도 좋아하고 코미디 프로그램을 봐도 깔깔거리며 본다. 나의 유머코드가 '평범'해서 방청객과 함께 웃으며 유대감을 느낀다.

슬픈 영화를 보면서 눈물을 안 흘린 적도 없다. 꺼이꺼이 훌쩍훌쩍 울면서 눈물 콧물 닦아가며 본다. 이 또한 나의 감성이 '평범'하기에 관객들과 함께 울면서 유대감을 느낀다.

아이가 수막염으로 입원했을 때 "머리가 폭발할 것 같아." 하며 한숨도 잠을 못 자던 날, 아픈 아이를 보는 것도, 울음소리를 듣는 것도 힘들었다. 하지만 소아병동에 한 라인 전체가 거의 수막염, 장염으로 입원한 아이들로 가득 차 있는 것을 보며 내 아이도 잠시 앓고 가는 '평범'한 질병으로 기한이 있는 고통 중이라는 생각을 했다. 병실을 오가는 또래 엄마들과 말을 트고 먹을거리를 나누었다. 서로 말을 하지 않아도 '아이를 키우다 보면 이런 일도 있다'는 평범한 공감이 유대감을 주었다.

모데라토 인생은 '다수'라는 안도감을 준다

요즘은 국내 어디를 여행하든지 그 지역의 맛집을 금방 검색할 수 있다. 맛집을 찾아가면 식사 때가 아니더라도 긴 줄을 서 있다. 배꼽을 눌러 참았다가 먹는 맛집의 음식은 대개 실망을 주지 않는다. 그만큼 내 입맛이 다수의 입맛과 비슷한, 즉 대중적이라는 뜻이다.

많은 사람이 찾는 맛집, 많은 사람이 찾는 여행지, 많은 사람이 읽는 책을 이왕이면 나도 찾게 된다. '사람들이 많이 찾는 곳이니 좋을 거야', '많이 읽힌 책이니 좋은 내용일 거야' 하고 덮어두고 신뢰하는 마음이 생겨버린다. 그 군중들 속에 나도 포함된다는 안도감을 준다.

감성이 한창 예민했던 여고 시절, 인근 남자 고등학교와 앙케이트팅(노트에 미지의 상대에게 궁금한 질문사항을 써서 교환 후 무작위로 노트를 뽑아 질문에 답을 적어 다시 교환하는 것)을 하다가 담임선생님께 들킨 적이 있다. 하지만 반 아이들 전체가 같이했기 때문에 벌서도 함께 설 테니 처벌이 겁나지 않았다. '다수'가 주는 안도감 때문이었다.

모테라토 인생의 단점

특징이 없다.

재미가 없다.

무사안일을 지향한다.

'감사'보다 '불평'이 는다.

모데라토 인생은 특징이 없다

동료들과 함께 밥집을 가면 메뉴 정하는 것이 만만치 않은 일이다. "뭐 먹지?", "뭐 먹을래?" 서로 묻기만 하다가 점심시간이 임박해 온다. 누군가 "석쇠불고기랑 냉면!"이라고 외쳐주면 게임오버다. 모데라토 인생은 묻어가는 것의 편안함을 안다. 속으로 먹고 싶은 메뉴가 있더라도 '혹시 싫어하는 사람이 있을지도 몰라'하는 마음에 "나는 아무거나"를 외친다. 보통의 의견(다수결)으로 결정된 메뉴는 내가 좋아하지 않는 메뉴일지라도 기꺼이 먹는다. 짧은 점심시간 빨리 음식을 먹기 위해서는 "메뉴 통일"이 답이다.

튀는 행동을 하지 않는 모데라토 인생은 옷 색깔도 적당히 동료들에 맞춘다. 개성 있는 헤어스타일보다는 눈에 띄지 않는 무난한 염색을 한 웨이브 진 긴 단발머리를 선호한다. 식사시간 쏟아져 나오는 사람들을 보고 있으면 무채색 정장의 물결이다. 모데라토 인생은 나만의 개성, '특징'이 없다. 혹시 있더라도 거의 표현을 못 하고 산다. '보통, 다수'가 주는 안도감, 유대감에 대한 기회비용일지도 모르겠다.

모데라토 인생은 재미가 없다

클래식이든 유행가든 어떤 곡이라도 시작부터 끝까지 '모데라토, 보통 빠르기'로만 연주한다면 마칠 때쯤 대부분 청중은 딴짓하거나 꿈나라에 가 있을 것이다.

월, 화, 수, 목, 금, 토, 일…. 1월, 2월, 3월…. 12월. 흘러가는 시간처럼 어제의 일상이 오늘의 일상으로 이어진다. 옆에 있는 동료의 생활이나 나의 생활이나 다 뻔하고 예측할 수 있다. 무료해지기 쉽고 재미가 없다.

산불 번지듯 순식간에 번져가는 직장에서의 '가십거리, 루머'는 만날 집 밥만 먹는 듯 재미없는 일상에서 '불량식품'처럼 자극적이고 새로운 맛을 준다. 가십거리나 루머의 대상이 된 누군가에게는 상처가 되는 것을 알면서도, 엄마 몰래 사 먹던 '불량식품'에 손이 가듯 호기심을 갖고 듣고 싶어 한다. '불량식품'은 결국 내 몸을 망가뜨리듯 '가십거리, 루머'는 건강한 직장 분위기를 망가뜨린다. 각자 '어디에선가는 내가 가십거리가 되고 있을지도 모른다.'는 불편한 마음을 지닌 채 서로 간에 사사로운 것들을 가십거리로 삼아 일상의 무료함을 달래려는 직장생활의 현실은 씁쓸하다.

모데라토 인생은 무사안일을 지향한다

모데라토 인생에 익숙해져 버리면 인생이 '빙글빙글 돌아가는 팽이'같이 '지금처럼 빙글빙글 돌아서 멈추지 말아다오'하는 마음으로 '일상반복'을 염원하게 된다. 괜히 '점프 한 번 하고 돌아볼까?'라든지 '더 세게 돌아볼까?' 하다가는 휘청거리다가 쓰러질지도 모른다. 그러다 기운 빠지면 채찍에 갈겨질지도 모른다.

그저 무탈한 지금, 아무도 크게 뭐라고 하지 않는 현재 내 삶을 유지하고 싶어진다. '이렇게 바꿔보면 어떤 결과가 있을까?'하는 미래지향적인 생각보다는 '이렇게 하니까 별 탈 없었지.'하는 과거지향적인 생각으로 해 오던 대로 답습하고 싶어진다. 무사안일해지고 싶어진다. 부정적인 결과가 나올지도 모르는데 괜히 총대를 메고 고치려고 애쓰지 않는다. 모험하려 하지 않는다. 낯선 것에 호기심 갖기보다는 무관심하다. 아니 오히려 회피하려 한다.

새로운 것에 익숙하지 않으니 점점 소심해진다. 고기도 먹어본 사람이 잘 먹는 법이다. '새로운 시도', '변화'도 해 본 사람이라야 한다. 모데라토 인생으로서 고만고만하게 그럭저럭 살아온 나에게 '낯선 사람', '낯선 곳', '낯선 업무(미션)'는 두려울 수밖에 없었다. 이미 '친숙함'에 길들어 '낯선 것'에 소심해져 있었으니….

모데라토 인생은 '감사'보다 '불평'이 는다

모데라토 인생도 시작할 때에는 '감사'함으로 시작한다. 직장이 없다가 취업하면 감사한다. 연애 못 하다가 연애하면 감사한다. 결혼 못하다가 결혼하면 감사한다. 아이가 생기기를 바라다가 임신을 하면 감사한다. 나 혼자 '안단테(느리게)', '아다지오(매우 느리게)'인 것 같아 우울해 하다가 본인이 생각하는 '모데라토 인생'에 처음 들어서게 되면 기쁨 충만, 감사 충만해진다.

'이제 평균치는 된다.'는 사실에 감사하고, '남들과 비슷하다.'는 사실에 감사한다. 그러나 날카롭게 잘 갈아져 나온 '새 칼'이 반복되는 칼질로 무뎌져 버리듯 반복되는 일상 속에서 '감사'는 무뎌진다. '감사'가 있던 마음의 자리에는 점점 '불평'이 차지하게 된다.

어제까지 멀쩡하게 잘 되던 PC가 고장 나면 불평한다. 집·사무실 왔다 갔다 잘하던 자동차 타이어가 펑크 나면 불평한다. 평소보다 조금 당겨 조기 출근해야 할 사안이 생기면 불평한다. 오랜만에 저녁 모임 약속을 잡았는데 갑자기 아이가 열이 나면 불평한다. 평범했던 일상에 뭔가 작은 불편함이 생기면 나도 모르게 '불평'이 나와 버린다.

모데라토 인생에
찾아온 권태기

평범함, 익숙함으로 지속해 온 나의 39년의 모데라토 인생에 권태기가 찾아왔다.

깨고 싶지 않은 아침

추운 겨울 동면하는 곰처럼 나의 아침은 나날이 이불 깊숙이 파고들어 갔다. 어둠 속에서 알람이 울리면 두더지 잡듯 눌러 끄기를 대여섯 번 하고 나서야 눈을 비비며 일어났다. 잠을 잤는데도 어깨는 천근만근 내 몸을 누르고, 이불 속에는 잠 거머리가 사는지 온몸을 철썩 잡아당기는 것 같았다.

여유 있게 샤워하고 나오는 남편을 보면 '나도 출근해야 하는데, 애 밥 먹이고 옷을 입히고 세수시키느라 거울도 제대로 보고…. 이게 뭐야?!'하는 억울한 불평이 덜그럭거리는 그릇 소리, 퉁명스러운 말로 표현됐다. 내 남편은 나름대로 집안일을 많이 하는 요즘 남자에 속하지만, 여전히 나의 기대치는 하늘의 토성만큼 높다.

무기력에서 느껴지는 만성 피로

출근해서는 지금 내가 맡은 업무 성격상 감사하고 기쁜 사람들보다 불평과 불만을 가진 사람들을 더 많이 상대한다. 그들의 요구사항을 듣고 이야기하고 있으면 나도 모르게 과자, 초콜릿에 자꾸 손이 갔다. 달콤한 어떤 물질이 기분 우울해지는 것을 예방해주는 효과가 있기 때문일 것이다.

뭔가 잘 해내고 싶다는 의욕이 안 생겼다. 그저 눈에 띄지 않게 적당히 '연명하기'식으로 삶을 버티기 시작했다. 상사에게 싫은 소리 안듣고, 옆에 동료들에게 피해 안 주고, 처리해야 할 일이 쌓이지 않을 정도로만 하루하루 해냈다.

월급을 받으니 일을 해야 한다는 의무감, 아이를 낳았으니 잘 키워야 한다는 의무감, 결혼했으니 가정을 잘 꾸려가야 한다는 의무감…. 하루하루의 삶은 풀어야 할 숙제 더미로 느껴졌고, 밑 빠진 독에 물을 붓고 있는 콩쥐가 된 기분이었다.

가정에서, 직장에서 나의 무기력증은 만성피로로 이어졌다. '숨쉬기, 구내식당까지 걸어가기, 주차장에서 사무실까지 걸어가기'를 빼고는 전혀 운동이라는 것은 하지 않았다. 바쁘다, 피곤하다, 아이를 돌봐야 한다…. 운동을 안 해도 될 만한 핑곗거리는 많았다. 손목터널증후군, 목 디스크, 요통, 눈 충혈, 어지럼증은 만성피로로 지친 나에게 찾아온 친구들이었다.

이유 없이 눈의 혈관이 터져 병원 진료를 받고 약을 먹었다. 갑자기 어지러워 응급실에 실려 갔지만, 원인불명으로 2달 가까이 빙빙 도는 세상 속에 살았다. 매일 밤 허리와 손목에 파스를 붙이면서 '삶도 피곤한데 몸까지 자꾸 아프니 괴롭다'는 불평을 내뱉고 있으니 스스로가 더욱 처량해졌다.

감사에서 불평으로

얼마나 진로문제로 고민했었나, 얼마나 나의 반쪽을 찾아 헤맸었나, 얼마나 아이를 낳고 감격했었나 하는 늦은 질풍노도의 시간은 깡그리 잊은 채 원래부터 내 삶은 '매일 아침 동쪽에서 떠 서쪽으로 지는 태양처럼 무한히 반복되는 불변하는 삶'인 것처럼 무덤덤한 일상을 살아가고 있었다.

뜨거운 물에 개구리를 넣으면 폴짝 뛰어나오지만 차가운 물에 개구리를 넣고 은근한 불에서 점점 물을 데우면 개구리가 주어진 온도

에 적응되어서 헤엄치며 즐기다가 삶아진다는 이야기를 들은 적이
있다.

'감사'를 잃어가고, '긍정'을 잃어가고, '목적'을 잊어가는 나의 모습
은 딱 '삶아지기 직전의 개구리'였다.

헐떡헐떡, 가쁜 숨을 쉬며 허우적대고 있는 지친 나에게는 나를 건
져 올려줄 국자가 필요했다.

모데라토 인생 너머
엿보기

7 AM, 어김없이 울리는 알람 소리. 어제처럼 알람을 끄고 욕실로 간다. 양치하고 씻고 밥솥에 불을 켠다. 아무리 뒤져도 먹을 만한 반찬이 없는 냉장고를 몇 번이고 열었다 닫는다. 계란 프라이, 삼겹살, 김과 김치…. 어제와 비슷한 밥상을 차리고, 아이를 씻긴다. 밥을 먹고 급히 챙겨 등원시키고 사무실로 간다.

오늘의 일상은 내일의 어제가 되어 끊임없이 리플레이된다.

전업주부들의 우아한런치

사막에서 만나는 오아시스 같은 점심시간, 어쩌다가 한 번씩 구내 식당 밥이 아닌 외식을 하러 나간다.

레스토랑에는 이미 삼삼오오 모여앉아 맛난 음식을 함께 먹으며 이야기하고 있는 새댁들이 많다. 1시간이라는 점심시간 제약 때문에 메뉴도 한 가지로 통일하고, 나온 음식을 급히 먹느라 이야기는 제대로 나누지도 못한다. 그야말로 후다닥 입으로 들이붓고 일제히 일어나 나온다. 여전히 새댁들의 테이블에는 음식이 절반 넘게 남아있고, 이야기는 끝날 기미가 보이지 않는다.

'누구는 욕 들어가며 일하는데, 저 여자들은 무슨 복이래? 이 시간에 모여 수다나 떨고….'

후다닥 일어서서 사무실로 가는 내 발걸음이 너무 초라해 보이기 시작했다.

'나도 시집이나 잘 가서 전업주부 하면서 남편 벌어다 주는 돈으로 맛난 거 사 먹고, 예쁜 옷 사 입고, 애랑 노닥노닥하면서 살면 얼마나 좋았을까!'하는 불평이 싹튼다.

TV육아프로그램속육아환경

출산장려정책이 제작 의도의 바탕일 것 같은 육아프로그램이 공중파 채널마다 나온다. 연예인들의 주니어들이니 다들 귀엽고 예쁘고 사랑스럽다. 또래 아이를 키우는 엄마 눈에는 TV에 나오는 아이들보다 그 아이들이 입고 나오는 옷이 보이고, 가방이 보이고, 장난감이 보인다. 말끔히 정돈된 너른 거실이 보인다.

'저 아이들은 좋겠다. 부족함 없이 누리고 살겠구나. 대체 저게 얼마짜리 옷이래?'

TV에서 눈을 떼고 우리 집 거실을 둘러본다. 소파 가득 쌓인 개지 않은 옷가지들, 여기저기 널브러져 있는 장난감 자동차들, 무릎 튀어나온 아이 바지와 목 늘어진 아이의 티셔츠가 보인다.

괜히 내 아이에게 미안한 마음이 들고 무능력한 부모인 것 같아 소심해진다.

SNS 속 풍경

메트로를 타고 몽마르트르 언덕이 보이는 한 카페에서 에스프레소 한잔하며 파리지앵이 된 누군가의 인증 사진을 본다. 하와이 와이켈레 아울렛에서 쇼핑을 하고, 와이키키해변을 거닐며 스콜 뒤 무지개 뜬 하늘을 찍은 누군가의 사진을 본다. 제주도 맑고 푸른 바다에 비친 누군가의 발가락 사진을 본다.

한가롭고 풍요로워만 보이는 SNS 속 지인들의 삶을 보며, 반복되는 나의 일상이 지겹게만 느껴진다.

'대부분 사람이 나처럼 살아간다. 내 삶은 모데라토 인생이다.' 생각했는데, 모데라토 인생 너머 인생을 엿보니 객관적인 잣대로 볼 때 내 삶은 결코 모데라토 인생이 아닌 것만 같다. 안단테(조금 느리게), 아니 아다지오(매우 느리게) 인생 같다. 모두가 KTX를 타고 씽씽 달려가는데, 나 혼자만 증기기관차를 타고 증기 뿜으며 뒤쫓아 달려가는 것 같다.

모데라토 인생 너머 삶을 엿보면 엿볼수록 만족보다는 불만족, 감사보다는 불평이 늘어났다.

아담이 에덴동산에서 하나님이 베풀어주신 반려자 하와와 함께 각종 과실나무의 열매, 다양한 동물, 푸르른 하늘과 초원을 누리며 행복하게 살고 있었다. 모든 것을 허락하시되 선악과를 허락지 않으신 것은 아담과 하와에게 처음부터 주어진 조건이었다. 선악과나무 앞을 매일 지나치면서도 먹으려 하지 않던 그들이 '현재의 삶보다 더 나은, 하나님과 같은 삶을 살 수 있을 것'이라는 뱀의 유혹에 넘어가 밝아진 탐욕의 눈으로 보니 매일 보던 그 열매가 갑자기 먹음직스럽고, 지혜롭게 해줄 만큼 탐스럽게 달라져 보였다.

이미 받은 넘치는 열매들은 시시해 보이고, 뻔히 아는 맛이라며 '저것도 내게 주시지, 왜 저걸 안 주셔? 분명 저게 제일 맛날 거야.' 하는 불평과 욕심이 생겼을 것이다. 불평과 욕심 때문에 하나님과의 약속을 어기게 되고, 거저 받아서 마음껏 누리던 에덴동산에서의 행복한 삶은 빼앗기고 말았다.

지금 내가 누리는 것은 생각해보면 모두 거저 받은 것들이다. 내 노력으로 일궈낸 결과라고 생각하는 것도 결국 지식, 지혜, 기억력, 의지를 사용할 수 있는 건강한 뇌를 거저 받았기 때문이다.

기쁘게 처음 출근하던 첫 마음을 잊고 전업주부들의 우아한 런치를 엿보며 우울해 하고, 아이가 생긴 것에 감사하고 무사히 출산한 것에 감사했던 마음을 잊고 TV 육아프로그램 속 육아 환경을 엿보며 한탄하고, 주어진 여건 속에서 나들이를 즐기면서도 SNS 속 풍경을 엿보며 더 욕심냈다.

자족하며 살아가던 나의 모데라토 인생 너머 삶을 탐욕의 눈으로 엿보니, 지금의 내 일상이 불만스럽고 우울해질 수밖에 없었다.

나의 모데라토 인생 너머 삶을 사는 이들도 각자의 모데라토 인생을 살 것이고, 그들이 경험하지 못한 삶을 엿보며 부러워하기도 하고, 불평할지도 모를 일이다.

내가 받은 것이 무엇이든, 거저 받았다는 사실을 잊지 말고 감사하자.

나에게 없는 것보다 나에게 있는 것으로 먼저 기뻐하자.

나의 모데라토 인생이 아름다울 수 있도록.

모데라토 인생의 피날레

우리는 '스토리'가 있는 인생 이야기를 들으면 진심으로 감동하고, 공감한다. '스토리'의 사전적 의미는 '일정한 줄거리를 담고 있는 말이나 글'이다. 그냥 늘어놓는 반복적인 문장 모음과 가장 구별되는 것이 '줄거리'가 있다는 점이다.

나의 모데라토 인생 연주는 내 삶의 관객들에게 어떤 스토리를 보여주고 들려줄까? 과연 관객들의 공감을 받을 수 있을까? 누군가 단한 명이라도 나와 함께 희망으로 부푼 가슴을 안고 기립박수 쳐 줄 사람이 있을까?

'알람 *끄고*, 일어나고, 먹고, 일하고, 자고, 또 알람 *끄고*, 일어나고,

먹고, 일하고, 잤다.'가 모데라토 인생 줄거리라면 아무도 그 연주를 끝까지 들으려 하지 않을 것이다. 결국, 관객은 모두 사라지고 텅 빈 객석을 마주한 채 피날레 인지 도입부인지도 모르게 모데라토 인생 연주가 끝나버릴 것이다.

나는 잠시 두려웠다. 나의 출생에 축복의 박수를 보내주던 많은 이들이 가면 갈수록 별것 없는 나의 모데라토 인생 연주에 실망하여 하나, 둘 자리를 뜨고 나의 피날레를 시작하기도 전에 객석이 텅텅 비어버리지 않을까 하는 마음에 두려워졌다.

나의 평범한 일상, 내세울 것 하나 없는 생의 업적은 관객들의 박수를 받을 만한 것이 전혀 없어 보였다. 클라이맥스도 없고, 새로운 것도 없는 나의 모데라토 인생 연주……. 그들에게 자신 있게 던져줄 수 있는 메시지가 단 하나라도 있을까?

다행인 것은 우리는 모두 각자의 '스토리'가 있다는 것이다. 인생에 크고 작은 오르막과 내리막을, 많든 적든 누구나 다 가지고 있다는 사실이다.

보통의 성인이면 누구나 걸어 오를 수 있는 작은 언덕이 있다고 치자. 그 언덕을 넘어왔을 때 숨이 찰 정도로 심장박동이 올라가지도 않고, 무언가를 이루었다는 성취감도 없다. 그저 언덕을 넘어왔다는 사실만 있을 것이다. 그러나 보통의 성인에게는 식은 죽 먹기 같은 작은 이 언덕이 갓 걸음마를 배운 아이에게는 높은 산과 같을 것이다. 오르고 나면 이 아이는 가슴 벅찬 성취감을 맛볼 것이다.

내가 겪은 기쁘고 슬픈 일에 비해 더 큰 기쁨과 슬픔을 경험한 사람에게는 나의 모데라토 인생 연주가 시시할지 모르겠지만, 아직 겪어보지 않은 사람이거나 비슷한 경험이 있는 사람. 그보다 작은 기쁨과 슬픔을 경험한 사람에게는 나의 모데라토 인생 연주는 큰 공감과 관심을 둘 것이다. 똑같은 '스토리'라도 받아들이는 사람의 경험 종류와 크기에 따라 감동은 달라질 것이다.

모데라토 인생의 굴곡이 크든 작든, 그 크기가 중요한 것이 아니다. 중요한 것은 나의 스토리 중 어떤 부분에 공감하는 누군가가 분명 있다는 것, 누군가의 스토리 속에도 나 또한 공감하는 부분이 분명 있다는 사실이다. 이런 공감들로 깊은 소통을 나눈다면 나의 모데라토 인생 연주에 누군가는 끝까지 응원의 박수를 보내주지 않을까 하는 희망을 붙잡기로 했다.

40이 되어서야 내 인생 후반부 연주를 어떻게 해야 할지에 대한 고민을 해본다.

10대에는 학업에 좋은 성적을 거두었을 때가 내 인생의 클라이맥스라고 생각했다. 20대에는 뒤늦게 찾아온 첫사랑이 내 인생의 클라이맥스라고 생각했다. 30대에는 눈부신 웨딩드레스와 레이스 가득한 임부복을 입은 순간이 내 인생의 클라이맥스라고 생각했다.

40대에 들어선 지금은 내 인생의 진정한 클라이맥스는 아직 지나

가지 않았다고 생각한다.

이왕이면 나는 더 멋지고 아름다운 클라이맥스를 찍고 싶다. 이것은 '좋은 성적', '배우자', '아이'로부터 '받는 기쁨'이 아니라 '나 스스로가 만들어내는 기쁨'의 절정이면 좋겠다는 생각을 했다.

내가 스스로 만들어낼 수 있는 가장 큰 기쁨이 무엇일까? 가장 가슴 벅차게 할 수 있는 일이 무엇일까?

클라이맥스를 찾고, 만들어내려니 묵직한 돌멩이가 가슴 한쪽을 누르는 것 같았다.

나의 모데라토 인생에 우연한 음 이탈로 내 생각이 바뀌기 전까지는 내가 무엇을 잘할 수 있는지, 무엇을 진정으로 하고 싶은지, 무엇을 가슴 벅차게 할 수 있는지를 생각하니 막막하기만 했다. 절대 그런 클라이맥스는 내게 찾아올 리 없을 것만 같았다.

지금 나는 모데라토 인생 연주가 뻔-한 연주가 되지 않도록 때로는 고뇌하고 때로는 아파하고 때로는 웃으면서 내 인생의 클라이맥스를 향해 연주하고 있다.

머지않아 내 인생의 가장 아름다운 클라이맥스를 찍고 나면 나는 또다시 내 인생의 아름다운 피날레를 위해 연주해 가야 한다. 누군가는 내 모데라토 인생 연주의 피날레에 기립박수 쳐 줄 수 있도록 성실히, 아름답게, 감동적으로……

꽃이 피면 지듯, 무슨 일이든 시작이 있으면 끝이 있게 마련이다.

입학이 있으면 졸업이 있고, 만남이 있으면 이별이 있고, 출생이 있으면 죽음이 있다.

누구나 그러하듯 내 인생의 피날레(finale)는 '해피 앤딩'으로 아름답게 장식되기를 원한다.

베레카가 전하는 일상변주곡
"가끔은 내려다보기"

얼굴이 비칠 것처럼
맑고 파란 하늘은
언제 올려다보아도 아름답습니다.

닿으려 해도
닿을 수 없을 만큼
높이 있는 무언가를 쫓아가다 보면

오히려
낮고 초라해 보이는 나 자신이
부끄럽고 미워질 때가 있습니다.

가끔은
아주 가끔은

내려다보면 좋겠어요…….

우러러만 보던 무언가를
가만히 내려다보면

지금의 나도
참 괜찮은 사람이라는 걸
알게 될 거예요.

당신, 참 괜찮은 사람입니다.

늘 높은 곳을 향해 달려간다. 충분히 높은 곳에 이르렀지만, 그럼에
도 불구하고 더 높은 곳을 향해 손을 뻗는다. 큰 목표를 세우고, 목표
를 향해 쉼 없이 노력하는 자세는 대단히 고귀하고 아름다운 삶이다.
그러나 온 힘을 다해 달려가는 동안, 지쳐 있는 나를 안아 줄 힘이 필
요하다. 가끔은 멈춰 서서, 헉헉거리는 나의 어깨를 감싸 안고 수고했
다는 한마디 전할 수 있으면 좋겠다.

　나보다 힘든 사람들이 많다는 사실을 잊지 말아야 한다. 높은 곳을
바라보며 달려가지만, 아래의 삶을 돌아보고 생각하는 마음의 여유
를 가질 수 있으면 좋겠다.

제3악장
워킹맘의 음 이탈, 변주 인생

우연한 음 이탈이
일상을 변주하다

　나에게도 주어진 것들에 뜨겁게 감사하며 열망하는 목표를 하나 하나 이루려 노력했던 시절이 있었다.

　매일의 기록과 단기 목표, 장기 계획, 스케줄 등으로 빼곡히 적혀있던 젊은 시절 나의 다이어리들은 지금도 화석처럼 내 책꽂이에 꽂혀 있다. 어쩌다가 선녀가 나무꾼에게 날개옷을 빼앗겨버린 듯 현실과 타협하며 안주하는 삶을 살게 되었을까……. 정확히 기억나지는 않지만, 적당한 선에서의 모데라토 인생에 만족하고 머무르기 시작했을 때부터인 것 같다.

전쟁 같은 아침 시간, 쫓기듯 스릴 넘치게 차선 변경하며 액셀을 밟아대는 출근길, 헐레벌떡 앉아 처리해야 할 일들에 치여 사는 매일의 반복은 끝없는 일상의 노예생활과 같았다. 거울도 제대로 볼 시간이 없어 출근해서야 얼굴과 옷매무새를 보고 깜짝 놀랄 때가 한두 번이 아니었다. '워킹맘은 고달프다.'라는 말은 나에게 불변의 정의였고, 자신을 옭아매는 족쇄와 같았다.

책 읽는 것을 좋아하지만 틈만 나면 눈을 붙이고 싶은 만성 피로를 핑계 삼던 나의 독서량은 좀처럼 늘지 않았다. 그나마 한 달에 한두 권 읽어나갈 수 있었던 것은 독후감을 써서 제출하는 독서프로그램 참여 덕분이었고, 그나마도 육아서적이 대부분이었다. 그러던 중 내가 골라 읽었던 책 한 권은 나의 곰팡내 나는 묵은 삶에 햇볕을 쬐어 주었다. 바로, 기시미 이치로의 책이다.

이 책을 읽으면서 나는 말할 수 없는 '해방감', '해소감'을 느꼈다.

'타인의 기대, 이목'으로부터의 해방, '숱한 경쟁'으로부터의 해방, '과거의 경험(트라우마)'으로부터의 해방, '자녀 양육에 대한 고민'의 해소를 맛보았다. 쉽게 술술 읽히는 내용, 뻔한 이론이라 생각될 만하겠지만 묵은 곰팡내를 없애는 데는 우리가 뻔히 잘 아는 '햇볕'만큼 강한 것이 없었다.

심리학을 제대로 공부하거나 깊이 연구해본 적은 없지만, 그럼에도 불구하고 아들러의 심리학은 평범한 일상에 큰 힘으로 다가왔다.

역시 책을 읽는다는 것은 삶의 지혜를 찾고 새로운 다짐을 하는 데 더없이 큰 도움이 된다.

'나를 있는 그대로 받아들이고, 다른 사람을 경쟁자가 아니라 신뢰할 상대(친구)로 여기고, 다른 사람에게 기쁨이 되기 위한 삶을 살 때 행복해진다'는 아들러의 깔끔한 '행복의 조건'은 반복되는 일상 속에 파묻혀 있던 내 삶의 목적을 끄집어내게 했고, 뭔가 따뜻한 기운이 올라오게 했다.

그즈음 나는 우연한 기회에 동료와 함께 '부모 교육 프로그램'을 신청했다. 연수 과정 중 '옥복녀 선생님'의 강의는 내 심장에 기름을 부어주었다. 행복한 아이로 키우기 위해서는 부모가 행복해야 한다는 메시지. '주부', '엄마', '직장인'이라는 타이틀에 가려져 있던 '나' 자신에 대해 생각하게 되었고, 그 여운은 연수가 끝나도 가시질 않았다. 나는 강사에 대해 궁금해졌고 강사의 저서를 주문해 읽었다. 블로그 댓글을 남기기 위해 오래전 개설만 하고 내버려 둔 나의 블로그 먼지를 털어냈다.

'진짜 부모의 길, 행복한 부모의 길'이 더 알고 싶다는 내 소원이 강해서일까, 나에게 또 한 번의 부모교육 참여 기회가 생겼다. 옥복녀 선생님의 강의를 퇴근 후 5주간 10시간 들을 기회를 붙잡았다. 2시간 강의 때보다 더 깊이 사례 중심으로 배울 수 있는 시간이었고, 비슷한 고민을 하는 부모가 모여 함께 서로의 삶을 들어주고 공감하며 문제를 풀어가는 것은 지친 나에게 더없는 힐링이 되었다.

자식을 키우고 있다. 여느 부모와 다를 바 없이 아들을 지극히 사랑하며, 오직 아들이 잘되기를 바라는 마음 가득하다. 그럼에도 불구하고 툭탁거리는 일상, 후회를 반복하는 매일의 연속이다. 마음을 열고 아들과 대화를 나누며 진짜 부모로서의 삶을 살아가고 싶다는 생각이 간절했다.

모데라토로 변함없이 살아오던 내 인생에 우연한 음 이탈이 되어준 한 권의 책과 부모교육은 어제와 똑같은 나의 일상을 새로이 변주하게 해주었다. 똑같은 상황, 똑같은 업무, 똑같은 사람들인데 나의 마음가짐이 바뀌니 그렇게 새로울 수가 없었다. 노를 내버려 둔 채 일상이라는 급류에 휘말려 두렵게 떠내려가던 내 삶이 '나 자신'이라는 노를 단단히 붙잡고 일상이라는 급류를 타니 스릴을 즐기는 삶으로 변해갔다.

모데라토 인생으로 계속 살아도 나에게 뭐라고 할 사람은 아무도 없다. 그냥 그렇게 일상을 연주해도 된다. 어차피 내 인생의 연주자는 나 자신이고, 누군가와 대결하는 연주대회가 아니니까. 그러나 주어진 인생이 어차피 연주해야 할 연주곡이라면 모데라토로만 따분하게 연주할 것이 아니라 여러 가지 시도로 변주를 가미한다면 연주자 자신이 지루하지 않게 연주해갈 수 있을 것이다.

나는 블로그를 통해 옥복녀 선생님(블로그 닉네임: OK샘)과의 소통을 이어갔다. 그러면서 한 명, 두 명 나에게도 이웃들이 생겼고, 또 다른 변주가 시작되었다. 사람에게 상처를 주는 것도 사람이지만, 상처를 아물게 하는 것도 사람이다. 나와 다르지만 비슷한 고민으로 동시대를 살아가는 이웃들의 글과 사진, 짧은 단상을 보며 제각각의 연주곡이 어우러져 아름다운 합주곡을 함께 만들어가는 느낌이 들었다.

누구나 겪을 수 있는 일상 속에서 삶의 지혜를 찾아내어 포스팅하는 한 분이 있었다. 소심하게 그분의 글을 읽기만 하다가 용기 내어 이웃신청을 했고, 우러나오는 공감과 감사의 댓글을 쓸 수 있었다. 그분은 바로 이은대 작가님이다.

그 책은 글쓰기 요령이나 테크닉으로 채워져 있지 않았다. 마음의 상처를 치유하는 치료제로써, 깊은 '내면의 나'에 대한 성찰을 통한 '더 나은 나'로 성장케 하는 '성장촉진제'로써, 분노, 화남 등 마음에 박혀 있는 아픈 가시들을 뽑아내는 '해독제'로써, 어떤 풍파가 몰아쳐도 거뜬히 이겨낼 수 있는 강한 면역을 주는 '예방제'로서 글쓰기를 "무조건 쓰라."는 메시지만 담고 있었다.

글을 쓰는 것은 전업 작가나 혹은 대학교수, 박사, 정치인 등 대단한 사람들만이 누릴 수 있는 특권이라 생각했다. 물론 일기나 편지 등 일상에서 글을 쓰는 경우도 있긴 하지만, 이런 것들을 '글쓰기'라는 타이틀 안에 넣고 깊이 생각해 본 적은 없었다. 글을 쓰는 행위로 인해 삶을 다르게 볼 수 있는 눈을 가질 수 있다는 말이 가슴에 와 닿았다.

그러던 나에게 이은대 작가님의 글쓰기 강의를 들을 기회가 찾아왔다. 태어나서 처음으로 친구도, 동반자도 없이 혼자 이런 강의를 신청했다. 고교 입학을 앞두고 딱 한 번 다녀본 입시학원 수강도, 대학 시절 교양과목 수강도 늘 친구와 함께 신청하던 소심한 나에게 이것은 놀라운 변주였다.

그저 책 한 권에서 시작된 나의 변주는 두 번의 부모교육 참여와 블로그, 글쓰기 강의 수강으로 이어졌다. 신기한 것은 처음 시도가 어려울 뿐 두 번째, 세 번째 시도는 쉬웠다는 것이다. 반복되는 일상 속에서의 작은 변주 시도가 나의 심장박동을 올려놓았다. 멍했던 눈에 생기를 주었고, 시들하던 삶에 대한 의욕을 깨워주었다.

책, 부모 교육, 글쓰기 강의를 통해 나는 잊고 살았던 '나 자신'부터 챙기기 시작했다. 내 아이의 행복, 내 가정의 행복은 '나 자신'이 행복할 때 이룰 수 있다는 사실을 알았기 때문이다. 나의 건강을 살피고, 내가 좋아하는 책 읽기를 위한 시간을 내고, 나의 감정을 읽어주면서 오래 묵은 피로와 무기력, 독박육아의 피해의식을 조금씩 벗어던지기 시작했다.

일이 일(의무)처럼 여겨지면 그만큼 괴로운 일이 없다. 일이 즐길거리처럼 여겨져야 행복한 일이다.

몇 가지의 변주를 통해 깨달은 것은 내게 주어진 '주부로 사는 삶,

엄마로 사는 삶, 직장인으로 사는 삶'이 하나님이 험상궂은 눈으로 '잘해내나, 못 해내나 두고 보자' 하고 지켜보는 '테스트'가 아니라 받은 달란트로 '마음껏 연주하고, 발산하고, 감동 주라'하고 바라보는 '콘서트'라는 사실이다.

앞으로도 나는 내가 받은 달란트를 고이고이 땅에 묻어두는 소심함을 벗어나 다양한 변주를 통해 10배, 20배 더 풍성하게 만드는 삶을 살도록 노력할 것이다.

일상에
'스타카토'를 더하다

나는 이름이 특이하다. 전국에서 몇 안 되는 이름일 것이다. '모데라토 인생'을 지향하는 나는 평범한 이름, 어딜 가나 만날 수 있는 이름이었으면 좋겠다는 생각을 했었다. 왠지 내가 잘못을 하면 누구나 바로 나를 알아볼 것만 같고, 더 입방아에 오를 것 같은 부담감 때문이었다.

그런 성향의 나는 '개방'보다는 '폐쇄'를 선호했다. 한때 유행했던 '싸이월드'에서도 일촌끼리, '카카오 스토리'에서도 친구끼리. 오로지 상호 아는 사람들 간에만 교류했다. 아예 그런 활동을 하지 않는 '극폐쇄형'은 아니었지만, '적극 개방형'도 아니었다.

'블로그'라는 공간은 나에게 '창고'와 같았다. 내가 찾던 정보를 수집해서 보관하기 위한 창고. 물론 모든 것에 자물쇠를 걸어 잠그고 언제나 '비공개' 셔터를 쳐 놓았었다. OK샘의 블로그는 그야말로 활짝 열린 광장 같았고, 누구나 드나들며 소통하는 공간이었다. 폐쇄적인 나로서는 그야말로 '충격'이었다. 그 공간에서 소통하는 이웃들은 대부분이 각자의 '블로그'를 '광장'으로 가꾸어가고 있었다.

왠지 내 마음에 작은 끌림이 발동했다. 그동안 몇 개의 비밀일기만 담겨 있던 나의 블로그를 과감하게 초기화했다. 카테고리를 정비하고, 소심한 설렘을 안고 새로운 첫 글을 올렸다.

"행복이란 멀게만 느껴지지만, 우리 마음속에 있는 것…."

내가 좋아하는 희망의 노래의 한 소절과 나의 짧은 느낌을 '전체공개'로 올렸다. 행복한 기분에 마음이 데워지고, 답답하게 닫혀있던 창고의 빗장을 열었다는 성취감이 들었다.

조금 더 나아가 다른 분들의 광장으로 들어가는 문에 노크도 했다. 때로는 나의 작은 마당(아직은 광장이 아니다)에 들어오기 위해 노크하는 분들도 있었다. 이웃들의 삶을 들여다보고, 생각을 나눌 수 있다는 것과 나의 일상으로 이웃들을 초대할 수 있다는 것, 내 생각을 나눌 수 있다는 사실이 신기했다.

상처 주고 비방하는 글들로 가득 찬, 싸늘하고 살벌하기만 한 사이버 세상일 거라는 생각으로 나 스스로 온라인 공간을 '냉동 창고' 쯤으로 여겨왔던 나에게 블로그는 '전율 주는 음 이탈'이었다. 분주한 일상 속에서 잠시 숨을 돌릴 때면 이웃들의 일상과 생각들을 읽어간다. 때로는 기쁜 일, 때로는 힘든 일을 만나는 이웃들의 삶은 나의 삶과 크게 차이 나지 않는다는 점에서 '평범'이라는 유대감과 '보통'이라는 동질감을 느끼게 해준다. 이웃들의 다양한 '모데라토' 인생이 나의 '모데라토' 인생에 더해져서 '협주를 통한 변주'를 하게 한다.

똑같이 주어지는 '오늘'이라는 시간을 대하는 이웃들의 핵심 키워드는 '감사', '긍정', '행복', '열정'이다. 때로는 '섭섭함', '아픔', '상처', '고통'이 오더라도 서로의 '공감'과 '위로', '격려'를 통해 핵심 키워드를 이어가는 삶의 노선을 함께 잡아간다.

블로그는 분명 우리가 사는 오프라인 세상과 연결된 공간이다. 사이버 세상에만 존재하는 '가상현실'과는 다르다. 온라인을 통한 소통이 때로는 오프라인을 통한 소통의 기회로 이어지고, 다시 온라인을 통해 돈독해지기도 한다.

나는 지금 반복되는 일상 속에 '불평', '비관', '포기'라는 곰팡이가 피기 시작하면서 사라져갔던 '감사', '긍정', '행복', '열정'을 되찾아가는 중이다. 블로그 이웃들과 함께….

그리고 내가 좋아하는 '책 읽기'에 조금 더 욕심을 내보았다. 여러 분야 책을 읽으면서 내 일상에 '스타카토'를 찍는다. 책을 통해 어제와 같은 상황에서도 새로운 오늘이 되기도 한다. 숨어있던 1분, 10분을 찾아내는 재미도 있다. 성경을 읽고, 기도하고, 감사와 긍정으로 오늘 하루를 살 것을 다짐하는 오늘 아침 시간은 그토록 일어나기 싫던 어제의 아침과 전혀 달라져 있다. 할 엘로드의 책을 읽으면서 '작은 도전, 작은 실천'을 했을 뿐인데 아침을 맞는 나의 태도는 무척 경쾌하고, 기대로 차 있다.

블로그 이웃이기도 한 신유경 작가님의 책을 읽고 감사를 실천하는 가장 적극적인 방법인 '감사편지'를 쓰기 시작했다. 편지를 쓰는 것보다 전해주는 용기가 더 필요했고, 몇 번의 실천으로 조금씩 용기가 단단해지는 것 같았다. 책은 그저 읽는 것에 그쳤던 내가 '작은 도전, 작은 실천'을 할 만한 것들을 찾아내며 읽기 시작했다. 읽고 나면 기억 저편으로 사라졌던 '소극적인 독서'와 달리 내 삶에 적용함으로써 내 것으로 실천하는 '적극적인 독서'는 밋밋한 흑백 영상에 컬러를 더해주는 '스타카토'였다.

부모교육을 받으면서 '행복한 아이로 키우기 위해서 먼저 나 자신부터 행복한 엄마가 되자'는 결심을 하고 아침, 저녁으로 '조용히 욕실 거울 속 나를 돌아보는 시간'을 갖고 있다. 나를 향해 따뜻하게 웃어주고 내 마음을 들여다보는 그 시간이 참으로 좋다. 심리학을 전공하거나 부모교육을 전공한 사람이 아니지만 '나를 향한 반영적 경청'이라는 것이 무엇인지 알 것 같다. 뭔가를 잘했든, 못 했든 있는 그대로의 내 모습을 바라봐주고 내 마음을 읽어주면 마음이 따뜻하고 편안해진다. 이렇게 또 한 번 내 일상에 '스타카토'를 찍는다.

매일 밤, 오로지 나의 이야기를 쓰는 시간으로 하루를 마무리한다. 마침표 없이 반복되는 쳇바퀴 같던 일상에 마침표를 찍고, 단락을 바꾸고, 장을 바꾸는 것. 나의 하루하루를 기록함으로써 이것이 가능하다.

이은대 작가님은 '작품 글쓰기'가 아니라 '그저 내 삶을 기록하는 글쓰기'를 하면서 자신을 깊이 통찰할 수 있는 시간을 가질 것을 권유했다. 글쓰기 강의를 듣고 '작은 도전, 작은 실천'을 시작했을 뿐인데, 매일 나의 하루를 마무리하는 글쓰기 시간은 나에게 희열을 준다.

글쓰기의 힘은 놀랍다. 머릿속이 뒤죽박죽일 때에도 엉킨 실타래의 끝을 찾게 해준다. 머릿속을 정리하고 하나하나 풀어갈 수 있는 실마리를 준다. 마음의 생각을 글로 정리하면서 나의 감정들을 쓰다듬어준다. 힘들고 지친 날엔 그냥 '힘들다, 지쳤다'라고 쓰는 것만으로도 누군가가 내 마음을 읽어주는 것 같은 위안을 받는다. 행복한 날엔 그냥 '행복하다'라고 쓰면 심장부터 퍼지는 따뜻한 기운이 느껴진다. 글쓰기를 어려운 '글짓기'로 생각해왔던 내가 매일의 일상을 정리하는 '쉬운 글쓰기'를 하면서 매일 새로운 삶을 사는 것 같다. 평범하고 반복되는 일상인 것 같지만 글로 써보면 오늘과 꼭 같은 날은 결코 없다는 것이 신기하다.

결혼 후 방치 상태였던 나의 몸을 위해 운동을 신청했다. 요가, 필라테스 등 다양한 운동을 몇 주씩 맛보기처럼 배울 수 있는 프로그램이 있어 용기 내어 신청했다. '글쓰기 강의'를 신청할 때처럼 '운동'을 신청하는 것도 나에겐 용기가 필요했던 일이다. 하지만 앞에 말한 것처럼 처음이 어렵지 두 번, 세 번은 쉽다.

"몸이 열리는 만큼 마음이 열리고 생각이 열립니다."

운동 첫 시간, 요가 강사님의 말씀이 후들거리는 나의 손끝, 발끝을 타고 심장으로 전해졌다.

그동안 얼마나 내 몸에 신경을 안 썼던가. 숨쉬기운동 빼고는 스트레칭을 가장한 누워 다리 비비기 정도가 다였던 내 몸에 기분 좋은 긴장이 찾아오고, 마음에는 행복한 이완이 퍼졌다.

늘 '운동을 해야지, 몸이 너무 아파져 온다. 운동해야 돼.' 하는 마음만 있었지 실천하지 못했는데 '작은 도전, 작은 실천'의 즐거운 맛을 보고 있던 터라 '그래, 운동도 해보자. 작은 시도를 또 해보자'하는 마음으로 시작했고 만성피로로 지쳐 있던 나에게 건강한 '스타카토'를 찍어주었다.

'스타카토'는 악보에서, 한 음 한 음씩 또렷하게 끊는 듯이 연주하라는 말이다.

같은 음표에 '스타카토' 기호가 붙으면 뭔가 경쾌하고 생기 있게 들린다.

모데라토 인생에 무료함을 느끼는가? 그저 무탈하게 하루하루 넘어가는 것을 다행이라 생각하며 언제 금이 갈지 모르는 살얼음판을 걸어가듯 살아가는가? 이제 스스로가 일상에 '스타카토'를 찍어보는 것이 어떨까?

나는 '블로그, 적극적인 독서, 부모교육과 글쓰기 강의 수강, 글쓰기, 운동'으로 내 일상에 '스타카토'를 찍는다. 각자에게 또 다른 '스타카토'가 분명 있을 것이다. 도전하지 못한, 실천하지 못한 머릿속의 '스타카토'를 이제 찍어보라. 소심한 내가 몇 번의 스타카토로 삶에 생기를 찾아가고 있다.

모데라토 인생에 몇 가지의 '스타카토'를 가미하면 누구나 일상을 경쾌하고 생기 있게 변주할 수 있다.

점점 느리게
(굳은 감성 녹이기)

내가 보는 세상은 운전석의 창문만 하다. 앞차, 뒤 차, 옆 차. 코 앞에 보이는 신호등. 이것이 매일 아침, 저녁으로 만나는 나의 세상이다.

내가 읽는 세상은 19인치 모니터 화면만 하다. 그 속에서 서울, 제주, 일본, 미국, 저 북녘땅 소식까지 만난다. 간밤에 일어났던 사건·사고들은 간담을 서늘하게 만들고 숨쉬기도 무서울 정도로 공포심을 불러일으킨다.

내가 몸담고 있는 세상은 눈부신 LED 태양이 여러 개 있는 하얀 콘크리트 구름으로 덮인 하늘 아래다. 산들산들 불어오는 바람 대신 콘크리트 하늘에서 뿜어져 나오는 에어컨 바람이 분다. 초록빛 산과 언덕 대신에 회색빛 칸막이가 여기저기 솟아있다.

윤동주의 '별 헤는 밤'을 읊으며 밤하늘, 새벽하늘을 올려다본 적이 언제였던가. 계절이 바뀌는 진짜 하늘을 올려다본 적이 언제였던가. 시 한 편에 감동하며 추억에 젖기도 하고, 감상에 젖기도 했던 적이 언제였던가.

내가 써도, 내가 읽어도 딱딱하기만 한 공문서에 익숙해진 나의 눈은 어느새 시, 소설에 반응을 상실해왔다. 보고서를 쓰는 나의 심장은 '감정, 감성'은 걸러내고 '사실'만을 써내려가는 필터가 되어왔다.

내 속에 충만했던 나의 '감성'은 콘크리트 세상에 어울리는 붙박이장처럼 딱딱하게 굳어져 왔다.

말랑말랑한 빵 반죽은 아몬드, 건포도, 올리브 열매를 안고 어우러져 고온 속에서 참지 못할 고소한 향내를 낸다. 하지만 딱딱하게 굳어버린 밀가루 반죽은 어떤 것도 품지 못하고 쩍쩍 갈라져 버린다.

굳어버린 나의 '감성'은 쩍쩍 갈라지기 시작했다. 반죽이 수분을 잃어가듯 '공감' 능력을 잃어갔다. 누군가의 아픔을 들었을 때 '내가 아니어서 다행이야'하는 몹쓸 마음이 먼저 생겼다. 누군가의 기쁨을 들었을 때 '왜 나에게는 저런 행운이 찾아오지 않는 거야?'하고 자신을 못나게 보는 마음이 생겼고, 누군가의 선행 소식을 들으면 '위선 떨고 있네. 각자 살아가는 거지.'하고 비웃어버렸다. 타인에게도 나 자신에게도 '공감'할 수 없이 감정이 메말라갔다.

'비교'와 '경쟁'은 나의 말랑말랑했던 감성 반죽을 더욱 굳히는 경화제였다. 내가 가진 것, 내게 주어진 것들을 남들 것과 비교하고, 치열하게 다른 사람을 이겨보려고 애쓰면서 나의 '감성'은 점점 더 굳어갔다.

굳은 감성은 말랑한 감성보다 더 쉽게 상처에 금이 간다. '초콜릿 심'으로 긁어도 대못처럼 금이 가게 한다. 누군가 의도 없이 던진 한마디에 혼자 상처 입고 아파한다. 상처 입은 만큼 갚아주려는 또 다른 상처를 낳는다.

그렇게 딱딱해진 내 감성을 녹이는 유일한 한 가지가 '예측할 수 없는 아이의 말'이었다.

사무적인 것에 익숙한 나, 규율 규칙에 익숙한 나에게 '육아'는 매번 매뉴얼 없는 쿠데타 상황이었다.

"엄마, 나 엄마 마음에 빠질 것 같아"하고 안기는 여섯 살 아들의 고백. 굳은 내 감성에 다시 촉촉한 수분이 공급되는 기분이었다.

"왜 나보고 아기라고 해? 어른 젓가락도 쓰는데~"하는 아들에게 "엄마가 너를 낳았으니까 언제까지나 너는 엄마 아기야" 대답했더니 "내가 엄마를 낳았어!"하는 아들의 말. 딱딱하게 굳은 내 감성으로는 그저 여섯 살 아들의 '억지'고 '우김'일 뿐이었는데, 말랑말랑한 아들의 감성으로 읽어보니 맞는 말이었다. 아이를 낳고 '엄마'라는 직책을 얻었으니 아들이 '엄마'를 낳았다는 것도 맞는 말이었다.

아이의 눈에 맞추어 그림책을 읽고, 대화하기 위해 나의 굳은 '감성'을 억지로라도 녹여내야 했다. 그러기 위해서는 적당한 수분을 넣고 천천히 다시 반죽해야 했다. 일상의 악보에 '점점 느리게'를 그려 넣어야 했다.

한창 모든 것이 신기하기만 한 여섯 살 아들이 입에 달고 사는 말은 "왜?" "뭐라고?"다.

"얼른얼른 밥 먹어." 해도 "왜?", "골고루 먹어" 해도 "왜?", "그래야 우리 몸이 튼튼해져" 하면 "뭐라고?" 한다. 꼬리에 꼬리를 무는 아이의 질문에 더 이상의 대답도 줄 수 없을 지경에 오면 "그냥 먹어."하고 딱딱한 말이 나와 버린다.

아이의 생각과 아이의 말을 이해하고 공감하기 위해서는 나의 시각도, 내 생각도, 나의 표현도 아이의 것과 비슷한 수준이어야 한다. 누군가를 이해하려면 그만큼의 시간과 정성이 필요하고 내 마음 속도를 '점점 느리게'하지 않으면 안 된다.

공룡에 푹 빠진 아들 녀석은 매일 밤 공룡 열두 마리를 줄 세워놓고 나를 부른다. 초식공룡은 내가, 육식공룡은 아들이 체스 말을 부리듯 가지고 논다. 아이와 놀 때도 아이와 같은 수준의 '감성'이 필요하다. 그렇지 않으면 그 놀이가 얼마나 시시하고 지겹고 곤혹인지 겪어보지 않은 사람은 모른다. 딱딱하게 군은 내 감성으로 처음 아이와 놀이다운 놀이를 시작했을 때 딱 내가 그랬다. 얼마나 하품 나오고 귀찮던지…. "얼른 끝내고 자자. 내일 못 일어난다."하고 성급히 마무리하려고만 했다.

요즘 조금씩 굳어있던 내 '감성'이 녹여지고 있다. "엄마, 더 재미있게 놀아봐" 아들의 쉴 새 없는 요청에 아이가 좋아할 만한 '의성어, 의태어'를 구사하고, 스토리를 함께 짜내면서 '깔깔깔' 웃는 시간을 보낸다. 아이의 수준으로 내 감성을 녹이면 그 시간이 더없이 행복하고 진심으로 즐겁다.

아이를 키우는 것이 힘들긴 하지만 반복되는 일상, 무미건조한 일상 저편에 굳어져 있던 '감성'을 녹이는 일이기도 하다는 것을 깨닫고 '육아'가 감사하게 다가왔다.

'감성'이 유연하게 되살아나면,

첫째, '공감 능력'이 생긴다. 투정부리고 보채는 '아이'의 마음에 공감하게 되고, 가끔은 나를 힘들게 하는 '상사'의 마음을 '역지사지'의 마음으로 공감하게 된다. TV에 나오는 '캔디 같은 주인공'과 '그녀를 괴롭히는 악역'의 입장도 이해하게 된다. 이해를 통한 '측은지심'이 생기고 마음 그릇을 넓게 된다.

둘째, '자가 치유력'이 생긴다. 누군가로부터 상처 되는 말을 듣거나, 받아들이기 힘든 고난을 겪을 때도 말랑한 '감성'이 자신을 다독여서 마음 반죽을 다시 하면 상처가 아물 수 있다. 짠 소금, 매운 향신료가 어우러져 풍미가 깊어지듯 상처나 고난이 삶의 깊이를 더해주는 첨가물이 된다.

셋째, '유연한 사고'가 생긴다. 어제와 똑같은 상황을 다르게 해석할 수 있게 된다. '절대로'라고 단정 짓던 상황이 '그럴 수도'라는 틈을 내어준다.

목덜미의 흥건한 땀을 닦으며 반쯤 뜬 눈으로 더듬더듬 에어컨 리모컨을 찾던 어제와 달리 선선한 공기에 코끝이 뚫린다. 오늘 하늘은 어제의 하늘보다 높고, 푸른빛이 깊어진다. 어느새 성큼 가을이 찾아왔다. 가을을 마음껏 누리기도 전에 또 겨울은 찾아올 것이다. 나의 '감성'이 다시 굳어지지 않도록 마음껏 하늘을 올려다보고, 마음껏 단풍에 물들어보고, 마음껏 가을비에 젖어보아야겠다.

바쁜 일상, 때로는 아장아장 걷는 아이의 걸음걸이에 내 걸음을 맞추듯 '점점 느리게' 우리 삶의 보폭을 늦춘다면 운전석 창문 너머의 풍경도, 19인치 모니터 너머의 풍경도 볼 수 있지 않을까?

점점 빠르게
(꿈 찾기, 꿈 이루기)

"네 꿈이 뭐니?"

어른들이 아이에게 곧잘 던지는 질문이다. 이 질문을 하면 떠오르는 한 장면이 있다. 나의 일곱 살 유치원 시절, 엄마들이 교실 뒤에 가득 서서 참관하는 수업이 있는 날이었다. 그날의 주제가 '꿈, 장래희망'이야기였다. "우리 친구들, 장래희망이 뭘까요?"하는 선생님의 질문에 너도나도 "저요, 저요." 외치는 병아리들의 합창에 이어 차례차례 "의사 선생님", "대통령", "선생님" 이런 장래희망들이 쏟아졌다. 내차례가 되어 벌떡 일어서서 했던 말, "저는 이다음에 커서 천사가 되고 싶어요."

　요정이 살고, 천사가 살고, 산타할아버지도 살아 있다고 믿었던 그 시절 나는 그림책에 나오는 하얀 날개옷을 입은 천사가 그렇게 예뻐 보였다. '장래희망'은 '내가 되고 싶은 것'이라고 설명 들어서 나는 내 눈에 예뻐 보이던 '천사'가 되고 싶다고 말했었다.

　초등학생, 중학생, 고등학생이 될 때까지 끊임없이 이 질문을 받으면서 그때 내가 했던 대답이 얼마나 어른들에게 우습고 황당했을까 하는 생각이 들어서 '꿈, 장래희망'이라는 말만 나오면 떠오르는 장면이 되었다.

　'꿈'이라는 것은 무엇일까? 잠을 자면서 꾸는 '꿈'은 때로는 의식 중 염두에 둔 생각들을 반영하여 무의식중에 나타나기도 하고, 전혀 현실과 무관한 판타지로 나타나기도 한다. 하지만 의지적으로 꾸는 '꿈'이란 '이루고 싶은 목표, 희망'이라 할 수 있을 것이다.

　때로는 '바라는 직업'으로 표현될 수도 있지만, 진정한 '꿈'이란 인생을 살아가는 '목적', '삶의 가치', '삶의 기준'이라고 말하고 싶다. '꿈'의 다른 말 표현은 '소명'일 것이다. 인생을 살아가면서 각자의 '꿈'을 찾는 것이 가장 먼저 이루어져야 한다. 목적지가 분명한 배가 표류하지 않듯 우리가 '꿈(삶의 목적)'을 분명하게 꾸고 있다면 때때로 몰아치는 파도에도 흔들림 없이 나아갈 것이다.

　'직업'은 시대가 변할수록 사라지는 직업, 생겨나는 직업이 있다. 시대에 따라 선호하는 직업, 비 선호하는 직업이 있다. 우리가 학창시절 품었던 장래희망이 직업이 될 수도 있고, 우연한 기회에 발을 들여놓은 것이 직업이 될 수도 있다. 어쩌다 보니 새로운 직업을 창시하는 때도 있을 것이고, '직업'이란 것이 따로 없는 예도 있을 것이다. 따라서 '꿈'을 '직업'이라는 단어에 한정 짓는 것은 작은 양말에 큰 발을 쑤셔 넣는 짓일지도 모른다.

원해서든 우연히든 직업을 갖게 된다면 그 직업을 통해 '내가 살아가는 목적'을 어떻게 이룰 것인지, '내 삶의 가치'를 어떻게 가꾸어 갈 것인지, '내 삶의 기준'에 부합하는 자세는 무엇인지 끊임없이 생각하며 맞춰가는 것이 '꿈' 꾸는 자의 삶일 것이다. 직업은 '꿈'을 이루는 도구이지 목표가 아니다.

직업이 '삶의 목적(꿈)'이 되면 그 사람에게 '실직'은 '삶의 끝'이 될 것이다. 직업뿐만 아니라 결혼이 '삶의 목적(꿈)'이 되면 그 사람에게 '이혼'이 '삶의 끝'이 될 것이고, '자녀 양육'이 '삶의 목적(꿈)'이 되면 자녀의 결혼 등 '양육 대상 부재'가 '삶의 끝'이 될 것이다.

진정한 '꿈'이란 흐린 날에도 먹구름 뒤에서 한결같이 지구를 비추는 '태양'처럼 우리 삶을 비추어주는 무언가가 되어야 한다. 우리가 흔들리지 않도록 붙들 수 있는 '푯대'가 되어야 한다.

'꿈' 없이 감당해야 하는 직장에서의 일들, 주부로서의 일들, 엄마로서의 일들은 '억지로' 해내야 하는 밀린 숙제들일 뿐이다. 의욕이 솟아

날 리가 없다. '그저 때우기' 자세로 임할 수밖에 없다.

지금까지 그렇게 지내왔다면 '점점 빠르게' 나의 '꿈'을 찾아야 한다. '꿈'은 정해진 것이 아니다. 감사하게도 꾸면 내 것이 되는 게 '꿈'이다. 성인이 되고 나서는 "당신의 꿈이 무엇입니까?"라는 질문은 거의 듣지 못했다. 우리 사회가 '꿈=직업'이라는 생각이 커서 '꿈'이란 직업진로를 탐색하는 청소년기까지만 유효하다고 생각하는 건지도 모르겠다.

'꿈'이 '우리가 흔들리지 않도록 붙들 수 있는 푯대' 같은 것이라 해서 무조건 거창하고 결코 닿을 수 없는 노스텔지어 같은 것일 필요는 없다. 그저 내 속에서 '우러나오는 삶을 살 수 있게 해주는 무언가'가 되면 된다. 딱 하나만 꿀 수 있는 것도 아니다. 여러 개의 꿈을 꿀 수 있고, 영원불변한 것도 아니다. 매일 아침 거울을 보며 단장하듯 가꾸어 나가면 되는 무언가가 '꿈'이다.

나는 오늘도 '점점 빠르게' 나의 꿈을 찾아가고 있다. 많은 꿈을 꾸어가고 있다. 꿈이 하나, 둘 늘어갈수록 삶의 에너지도 쭉쭉 올라간다. 삶의 의욕이 치솟는다. 신체나이는 숫자에 불과할 뿐, '꿈'이 있으면 누구나 젊은이다. 그만큼의 열정과 삶의 에너지가 충만해지니까.

더 크게 본다면, '꿈'이란 결국 '행복해지기 위한 선택'이라 할 수도 있겠다. 사람은 누구나 행복을 추구하며 살아가니까.

나는 행복한 삶을 위한 몇 가지 꿈을 최근에 글로 정리해보았다.

(머릿속에 생각만 품었을 때와 달리 글로 표현하는 것은 구체화하는 힘이 있는 것 같다) 그중에 세 가지만 소개해본다.

첫째, 나는 '지혜로운 엄마, 현숙한 아내'로 살기를 꿈꾼다. '완벽한 엄마, 완벽한 아내'를 꿈꾸지 않는다. 그저 지혜롭게 아이의 마음을 읽어주고, 소통하는 엄마로서 함께 성장해가고 싶다. 남은 삶을 함께 가꾸어갈 동반자인 나의 배우자를 존중하고, 남편의 부족한 면 보다는 좋은 면이 드러나는 삶을 살 수 있도록 돕는 배필이 되기를 진심으로 원한다.

이 꿈을 꾸기 시작한 지는 불과 몇 달 전이다. 이 꿈이 생기기 전에는 '어쩔 수 없이 낳았으니까', '엄마니까' 하는 마음으로 '해내야 하는 일로써' 육아를 버텨왔다. 아이를 키우면서 얻는 감동보다는 의무감이 더 컸으니 힘겨울 수밖에 없었다. 아이는 나에게 희생만 강요하는 사랑스러운 애물단지 같은 존재로 여겨졌다. 남편에게 서운할 때면 '결혼은 도 아니면 모라던데, 왜 하필 도 같은 놈이 걸려서는' 하는 불평에 자신을 스스로 깊은 우울 속으로 내팽개쳐왔다.

이 꿈을 글로 적어 다이어리 앞에 붙이고, 핸드폰 배경화면으로 설정해 두고 나서부터는 똑같은 육아 상황, 똑같은 남편인데, 대하는 나의 태도가 달라졌다. 아이는 내 삶에 행복을 더해줄 존재이고, 이성과 감성, 이해력, 인내심 등 나의 모든 면을 자라게 해 주는 존재라는 것이 가슴 깊이 와 닿았다. 아이와 함께 성장하는 것이 좋아서 '자발적으로' 부모교육을 받고, 부모들과 후속 모임도 하고 있다. 남편이 서운하게 할 때보다 감사하게 할 때를 찾아보게 되었고, 좀 더 많은 대화를 통해 서로 '돕는 배필'이 되어가려는 마음이 우러난다.

둘째, 나는 '축복의 통로'가 되는 삶을 꿈꾼다. 내 속에는 '까칠한 나'와 '따뜻한 나'가 공존한다. 평일에 직장에서 일하다 보면 불쑥불쑥 사무적이고 딱딱한 모습으로 '까칠한 나'가 드러날 때가 많다. 주일에 교회를 가면 순한 양처럼 '따뜻한 나'가 먼지를 털고 얼굴을 내민다. 여전히 반복되고 있다. 그러나 나는 꿈꾼다. '따뜻한 나'가 '까칠한 나'보다 더 많은 순간에 나타나기를…. 나의 따뜻한 말과 공감이 누군가에게 '사랑'으로, '희망'으로, '위로'로 전해지기를…. 내가 받은 달란트를 통해 다른 사람을 도울 수 있기를….

이 꿈은 글로 적고 말로 내뱉는 것만으로도 행복한 마음이 생기게했다. 여전히 '까칠한 나'가 불쑥불쑥 올라오지만, 자신을 정죄하지 않는다. '꿈'이니까. 내가 살아가고 싶은 삶의 방향이니까. 마음에 새기고 나아가다 보면 분명 이루어질 '꿈'이니까.

셋째, 나는 '부족함이 없는 부자가 되는 삶을 꿈꾼다. 이것은 물질만 쫓아가는 부자가 되려는 꿈이 아니다. 부유할 때는 물론이고 가난할 때조차도 넉넉한 마음을 잃지 않는 경지의 부자를 꿈꾼다. 내가 이미 받은 달란트에 감사하고, 그 달란트를 잘 써서 더 많은 열매를 맺어 선하게 재사용하는, 그래서 더불어 행복할 수 있는 삶을 꿈꾼다.

이 꿈을 꾸면서 내가 가진 시간, 물질, 건강을 허투루 생각하지 않고 소중하게 여기게 되었다. 그 모든 것들이 더 많은 결실을 보아 선하게 재사용될 나의 달란트들이라는 사실을 인지했기 때문이다.

'점점 빠르게' 꿈을 찾으면 내 삶의 목적을 발견하게 된다. 내 삶의 방향을 설정할 수 있다. 내 삶의 가치를 찾게 된다. 목적지가 분명한 배는 우왕좌왕하지 않는다. 풍랑을 만나도 어떻게든 목적지에 닿기 위해 방법을 모색한다. 설령 불가항력의 천재지변 등으로 목적지에 도달하지 못하더라도 목적지를 향해 가는 동안 누릴 수 있는 행복, 설렘, 기대, 열정은 포기하기엔 너무 크고 놀랍다.

때로는 온쉼표
(사색과 독서)

'모데라토(보통 빠르기로)' 인생을 살아가다 보면 '알레그로(빠르게)' 인생이 아닌데도 숨이 찰 때가 있다.

푹푹 찌는 여름 한낮에 걷기와 선선한 바람이 기분 좋게 얼굴을 쓰다듬어주는 가을에 걷기는 같은 보폭으로 걸어도 숨이 차는 정도가 다르다. 때로는 여러 가지 내외적인 이유로 같은 일상이지만 숨이 찰 때가 있다.

숨이 찰 때는 서서히 브레이크를 밟아야 할 시기임을 기억해야 한다. 아무리 권장속도 시속 70㎞로 주행하는 차라도 '신호'에 따라서는 브레이크를 밟고 멈춰서야 한다. '연료'가 바닥을 드러내면 브레이크를 밟고 멈춰 서서 연료를 채워야 한다. 그러지 않으면 사고가 나거나 엔진이 과열되어 차에 무리가 올 것이다.

주어진 역할들의 무게가 나를 짓누른다 싶으면 잠시 멈춰야 한다. '모데라토' 인생에 '온쉼표'를 찍어주어야 할 때이다. '온쉼표'를 찍는 것은 연주를 끝내는 것이 아니다. 그저 네 박자, 한 마디를 쉬어가는 것이다. 고요한 중에 나의 숨소리, 협주자들의 숨소리, 관객들의 숨소리를 잠잠히 들으면 된다. 그리고 다시 연주를 시작할 다음 마디를 준비하는 것이다.

아이를 낳고 호칭만 '○○ 엄마'가 되었을 때, 나는 '모성'이라는 것에 내가 송두리째 삼켜 먹혀야 '진정한 엄마'가 되는 줄 알았다. 산후조리원을 나와서는 난산이었던 내 몸을 신경 쓰지 못하고 쪽잠을 자면서 나오지도 않는 모유를 유축기로 짜서 먹이고, 분유를 타고, 기저귀를 갈고, 어르고 달래며 재우고, 아이 옷들을 빨았다. 낮에는 친정 엄마가 와서 도와주셨지만, 수면 부족은 날로 심각해졌고, 신경은 날카로워졌다. 산후우울증은 깊어져 혼자 아이를 안고 6층 아파트 베란다 너머 바깥을 보며 하지 말아야 할 생각을 하는 나를 발견하고 깜짝 놀라 거실 안으로 들어오기도 했다. 내 면역체제는 깨질 대로 깨졌고, 산후풍, 대상포진, 손목터널증후군을 앓게 되었다. 아이 먹이는 것만 신경 쓰고 제대로 챙겨 먹지 못한 탓인지 얼굴엔 기미, 잡티도 생겨버렸다. 복직 전 그 시간 동안에는 내 생활이 아예 없었다.

그때 나는 브레이크를 밟았어야 했다. 처음 감당하는 '육아'라는 과제를 남편과 좀 더 골고루 나눠서 졌어야 했다. 브레이크를 밟고 내가 잠시 온쉼표를 찍는 동안, 남편에게 운전대를 넘겼어야 했다. 한 마디를 쉬고 나서 내가 다시 운전대를 넘겨받고, 적당히 번갈아가며 한 마디씩 쉬어가며 함께 감당했다면 그 시간을 더 기쁘고 행복하게 잘 감당했을 거라는 아쉬움이 조금 남는다. 돕고는 싶지만 겁나서 쉽게 나서서 아이를 씻기고, 안고, 기저귀 갈고 하지 못하는 남편을 보고 어쩌면 내가 더 불안해서 맡기지 못했던 것 같다. 나도 초보운전인데, 남편의 운전을 못 믿고 핸들을 혼자 쥐고 운전하려 했다.

그나마 '엄마가 행복해야 아이가 행복하다'는 옥복녀 선생님의 부모교육을 통해 나는 육아에 있어서 내가 언제 브레이크를 밟아야 할지를 생각하고 조금씩 실천해가고 있다. 물론 '육아'는 '나'의 쉼이 '아이'에게 직접적인 영향을 주기 때문에 나의 온쉼표를 위해서는 누군가의 도움을 꼭 필요로 하는 특수한 상황이긴 하다.

아무리 찾아도 계산이 어디서 틀린 것인지 눈에 들어오지 않아 흘러가는 벽시계를 보며 계산기를 두드리고 또 두드린 경험이 없는가? 아무리 찾아도 찾는 물건을 어디에 두었는지 생각나지 않아 온 서랍을 다 빼서 찾고 또 찾은 경험이 없는가? 잠시 차 한 잔 마시며 동료와 이야기 나누고 다시 보면 희한하게도 계산이 틀리기 시작한 지점이 눈에 들어온 경험이 없는가? 하룻밤 자고 갑자기 애타게 찾던 물건을 옷장 깊숙이 넣어두었던 사실을 떠올려낸 경험이 없는가?

복잡한 문제들과 풀리지 않는 고민으로 쫓기듯 초조해진다면, 잠시 '온쉼표'를 찍어보자. 새로 충전한 청소기가 씽씽 잘 돌아가듯, 마음도 몸도 잠시 쉬고 나면 제 기능을 더 발휘할 것이다.

요즘 나는 엄마 역할은 물론이고 주부 역할, 직장인 역할을 감당하면서 필요할 때마다 '온쉼표'를 찍으려고 노력하고 있다. 여러 가지 다양한 '온쉼표'들이 나 자신을 더욱 성찰하게 하고, 가족과 친구, 동료를 더 이해하게 하고, 업무의 효율성을 높여준다고 확신한다.

'온쉼표'는 좋아하는 것, 자발적으로 하고 싶은 것, 했을 때 행복해지는 것들로 찍으면 된다.

나는 '온천'을 즐긴다. 따뜻한 물속에 온몸을 담갔을 때 기분 좋은 '이완'이 일상의 '경직'을 말랑말랑하게 풀어주는 그 기분이 좋다. 한증막에서 땀을 빼고 있으면 내 속의 나쁜 독소, 나쁜 마음도 쏙쏙 빠져나오는 기분이 들어 좋다. 기분 좋은 '이완'은 다시 살아가야 할 일상을 좀 더 유연하게 시작하도록 해준다.

나는 '낙서'를 좋아한다. 나에게 '낙서'는 落(떨어질 낙) 書(글 서)가 아닌 '樂(즐길 낙) 書(글 서)'다.

전화통화를 할 때든, 생각할 때든 눈앞에 종이만 있으면 낙서를 한다. 곰, 토끼, 고양이를 그리기도 하고, 머릿속에 맴도는 말을 그대로 적기도 한다. '낙서'는 시공간의 제약이 비교적 없는 편이라서 바로바로 '온쉼표'를 찍을 수 있다. 화가 나거나 우울할 때, 낙서 한바닥하고 나면 조금 해소되고 감정이 정리된다.

나는 '책 읽기'를 좋아한다. 특히나 밑줄 치며 정독하기를 좋아한다. 읽으면서 설레고 흥분되는 그 느낌을 좋아한다. 장르를 별로 가리지 않지만, '허구' 중심의 책보다 '사실' 중심의 책을 조금 더 좋아한다. 사람 이야기, 세상 살아가는 이야기 읽기를 좋아한다. 나는 '모데라토 인생'이기 때문이다. 책을 통해서 시대와 등장인물이 다를 뿐 '사랑과 이별, 실패와 성공, 행복'이라는 비슷비슷한 주제의 이야기들을 만난다. 나의 인생과 크게 다를 바 없는 인생 이야기를 읽으면 묘한 동질감이 생기고, 힐링이 된다.

나는 '여행'을 좋아한다. 여행지의 사람들 구경하기를 좋아한다. 현지 음식 맛보기를 좋아한다. 현지 배경으로 사진 찍기를 좋아한다. 나에게는 '특별한' 이 공간과 시간이 현지인들에게는 '일상'의 시공간이라는 사실이 누군가에게는 '특별할' 나의 일상을 비추어 보게 한다. 그리하여 온쉼표 다음 마디를 '감사함으로' 연주하게 해준다.

'온쉼표'는 앞에서도 말했지만, 연주를 끝내는 것이 아니다. 네 박자, 한 마디를 쉬면서 다시 시작할 다음 마디 연주를 준비하는 것이다. 그래서 '온쉼표'는 안락한 '이완'으로 시작하여 '기분 좋은 긴장감'과 '설렘', '기대감'으로 마친다.

앞에 연주가 혹시 만족스럽지 못했더라도 '온쉼표' 동안 마음을 가다듬고 다음 마디부터의 연주로 만회할 기회를 얻기도 한다. 최선을 다해 연주를 마칠 힘을 갖게 해준다.

당신이 가장 최근에 찍은 '온쉼표'는 언제인가? 여전히 내일을 살아갈 에너지가 충분히 채워져 있는가?

우리의 삶은 각자가 살아가야 하는 수평선의 길이다. 수평선의 출발점도, 도착점도, 그 길이도, 꼬부라진 정도도 다 다른 각자의 길이다. 이 길에서 '한 마디'쯤 쉬어 가는 것은 낙오도 아니고, 포기도 아니다. 적절한 스피드를 냈다가 숨을 고르면서 자기만의 페이스를 유지해 가는 것이 인생의 경주를 지치지 않고 완주하는 길일 것이다.

비브라토를 즐기다

　어제와 똑같은 오늘 일상은 나에게 '예측 가능성'과 '안정감'을 주지만 가슴 뛰는 '설렘', '기대감'은 과거 속으로 묻어 버렸다.

　눈을 떴으니 아침이 된 것이고, 아프지 않으니 일하러 나간다. 변함없이 해야 할 일들은 집 안팎으로 가득하다. 나의 일상에 새로운 이벤트는 없다. 출근하면 처리할 과업들이 있고, 퇴근 후에는 식사준비와 설거지, 아이 돌보기가 있다.

　동그란 벽시계 안에 갇혀서 쉴 새 없이 돌고 도는 시곗바늘이 내 모습 같다. 왜 돌아야 하는지도 생각할 겨를 없이, 그냥 늘 하던 대로 그저 쉬지 않고 돌아간다. 동그란 벽시계 안에서 보이는 것이라고는 커다랗게 새겨진 까만 숫자 12개뿐. 내 눈에 보이는 건 두 손 벌려 원하는 대로 해 달라고 요구하는 내 아이와 잔뜩 쌓여 있는 그릇들. 널브러져 있는 장난감들. 빨래하고 거둬만 두고 개지 않은 옷가지들. 내가 연주해야 할 숙제 같은 음표들만 가득 보인다.

동그란 벽시계 너머 다채로운 바깥세상을 내려다보며 시곗바늘은 얼마나 부러웠을까? 그래서 얼마나 더 우울했을까?

나만 빼고 세상은 다 화려해 보이고, 다 행복해 보였다. 그래서 더 힘 빠지고 우울했다. 그러다가 재미없고, 무미건조한 내 일상에서 우연히 들고 읽은 책 한 권, 기시미 이치로의 '아들러 심리학을 읽는 밤'을 통해 나에 대해 생각해보게 되었다. 나의 일상 너머만 바라보다가 나 자신 속을 바라보게 되었다. 음표에 그려진 음보다 딱 반음 높은음을 눌러버린 것 같았다. 굳어 버린 것 같던 심장이 쿵쾅거리기 시작했다. 우연한 음 이탈이 묘한 쾌감을 주었다. 떨림을 주었다.

연이어 찾아온 우연한 부모교육 참가는 내 아이를 '행복한 아이'로 키우기 이전에 내가 '행복한 엄마가 되어야 한다는 내적 통찰의 동기부여를 주었다. 심장 박동이 빨라지고 쿵쾅거림은 커졌다. 바깥으로만 향하던 내 눈이 나 자신에게로 향하니 아프고 지친 몸과 마음으로 방치된 내 모습이 적나라하게 보였다. 오랫동안 살펴보지 못한 나 자신에게 미안했다. 배운 대로 자신을 스스로 다독여 주었다. 서툰 다독임에도 토라져 있던 내면의 나 자신이 부드럽게 살아나니 감사했다.

내면의 나와 혼연일체가 되고 나니 어제와 똑같은 일상이 신기하게
도 새로웠다. 신기하게도 떨려왔다.

우연한 음 이탈이 가져온 반올림의 설렘이 좋았다. 그래서 의도된
음 이탈로 일상을 변주하기 시작했다. 블로그와 글쓰기 강의 수강, 매
일 글쓰기와 운동. 일상에서 찾은 나의 작은 도전들이 바로 의도된 음
이탈이었다.

블로그를 통해 만난 이웃들은 직접 대면하지 않았음에도 불구하고
일상의 기쁨과 감사, 슬픔을 함께 나누면서 진솔한 소통을 할 수 있었
다. 때로는 심장이 마라톤 하듯 함께 기쁨으로 벅찼고, 때로는 심장에
빗물이 타고 흐르듯 함께 슬펐다.

글쓰기 강의를 통해 글쓰기가 작가들만의 소유물이 아니라, 누구
나 할 수 있는 나와의 소통방법이라는 것을 알게 되었다. 나는 매일
조금씩 글을 쓴다. 그냥 지나치면 망각의 강으로 흘렀을 기쁘고 슬픈
일들을 기록으로 남기니 언제고 펼쳐서 느낄 수 있는 현재가 되는 경
이로운 기적을 맛본다.

동그란 벽시계 속 시곗바늘은 지금도 쉬지 않고 돌고 돈다. 신기하
게도 더는 우울해 보이지 않는다. 소명감으로 반복하는 그 똑딱거림
이 경쾌하기까지 하다. 1을 지나 2, 3 …. 설레는 마음으로 다음 숫자
를 기다리고, 떨리는 마음으로 맞으며, 더 아름답게 보이기 위해 바늘
침을 쭉 뻗는 것 같다. 쉬지 않는 나의 똑딱거림이 이른 아침 누군가

를 깨워주고, 퇴근 시간으로 쉼을 주고, 데이트 시간으로 설렘을 주는 가치 있는 일이라는 사실을 알고 기쁘게 돌고 도는 것 같다.

동그란 틀 안에 갇혀 소심하게 바깥세상을 부럽게만 바라보던 벽시계 바늘 같던 나는 이제 어제와 같은 나의 일상을 새로운 설렘과 떨림으로 맞이하고 있다. 여전히 엄마이고, 여전히 주부이고, 여전히 직장인인 나지만, 일상을 대하는 나의 시각이 바뀌니 모든 것이 새롭고 설렌다. 일상의 모든 것들이 가슴 뛰는 일들이다.

소심하던 나의 모데라토 인생 연주에 과감한 '포르테(세게 연주하라)' 가 더해지기도 한다. 이왕 해야 할 일에는 열정의 포르테를 붙이니 에너지가 생긴다. 활기찬 일상이 된다. 힘들고 지치게 하는 상황을 만나면 '피아노(여리게 연주하라)'를 붙인다. 조용히 내면의 나를 어루만져준다.

나의 모데라토 인생은 변함이 없다. 다만 이론으로 알고 있던 다양한 연주기호들을 내 인생 악보에 가져와 붙이기만 했을 뿐인데, 나의 모데라토 인생은 더욱 풍성하게 변주되기 시작했다.

힘들고 피곤하던 아침 기상 시간은 성장한 나를 만나는 귀한 시간으로 변했다.

'왜 나만 이렇게 육아로 많은 희생을 해야 하는가?'하는 불평 육아는 '내가 해 줄 수 있어서 감사하다'는 감사 육아로 변했다.

'밑 빠진 독에 물 붓기' 같은 살림은 '행복이라는 화초를 가꾸는 일'

로 변했다.

점심시간, 퇴근 시간만 기다리며 '버티던' 직장생활은 내가 속한 사회에 '봉헌하는' 자세로 변했다.

나의 새로운 오늘이 설렌다. 나의 새로운 내일이 기대된다. 얼마 만에 되찾은 설렘이고 떨림인가.

기분 좋은 떨림, 유쾌한 긴장은 삶의 활력소가 된다.

사랑하는 사람과의 데이트를 앞두고 몇 시간 전부터 콩닥거리는 심장박동을 옆 사람에게 들킬까 봐 걱정했던 기억이 있는가? 사랑하는 사람과 눈을 맞출 때의 그 떨림을 기억하는가?

아직 연애경험이 없다면 사람이 아니어도 좋다. 하고 싶던 일을 처음 하게 되었을 때의 설렘과 떨림, 갖고 싶던 것을 손에 넣었을 때의 설렘과 떨림, 가고 싶은 곳에 큰마음 먹고 여행을 갔을 때의 설렘과 떨림. 무엇이든 괜찮다. 나를 기분 좋게 설레게 하고, 유쾌하게 떨리게 했던 것을 생각해보자.

나의 평범한 일상이 지루하지 않으려면 기분 좋은 떨림과 유쾌한 긴장을 되찾으면 된다.

지금까지의 평범한 내 모데라토 인생 연주가 마음에 안 든다고 죄다 뒤엎고 음표마다, 마디마다 기교를 부리는 화려한 악보로 다시 써야 할 필요는 없다. 지금 악보에 그저 가끔 하나씩. 내 심장이 뛸 수 있는 연주기호, 연주기법을 가미하기만 하면 된다.

놀이공원에서 롤러코스터를 타면 급하강을 위해 레일을 조금씩 서서히 올라가는 그 시간이 '언제 혹 떨어질지 모른다.'는 생각에 가장 숨 막히게 떨리는 순간이다. 떨어졌다 싶은 순간엔 또 미친 듯이 올라간다. 몇 번의 오르막, 내리막, 트위스트를 지나 순식간에 평평한 출발점으로 돌아오는 롤러코스터를 타는 이유는 예측 불가한 레일을 타는 스릴이 주는 '떨림'을 느끼기 위해서일지 모른다.

우리 인생은 언제 어떤 일이 일어날지 알 수 없다. 어제와 같은 일상이 오늘 나에게 주어졌지만, 내일은 새로운 일이 일어날 수도 있다. 변할 수도 있다는 사실을 잊고 지낼 때 우리는 떨림도, 설렘도 없이 그저 주어지는 친숙한 생활을 살아가는 것이다. 일상의 가변성을 인지하지 못한 채 일상의 변화를 맞이하면 대처할 방법을 모르고 당황하는 것이 당연하다.

나의 주어진 일상에 감사함으로 살아가되 기쁜 일, 슬픈 일이 더해질 수 있다는 가변성을 기억하자. 이것이 적당한 긴장감을 주고 내일에 대한 떨림을 준다.

모데라토 인생에 찾아오는 '비브라토'를 즐기자.

'비브라토'는 곡 연주에서 목소리나 악기의 소리를 떨리게 하는 기교 법이다. 현악기는 손가락으로, 관악기는 입술과 목, 배를 이용한 호흡 조정으로 음을 떨리게 하는 표현 방법이다.

'비브라토'는 같은 음을 내더라도 더 풍성한 감정을 실어 전해준다.

연주자의 '비브라토'는 악기를 거쳐 많은 청중의 귀와 마음을 전율케
한다. 나의 인생 연주자는 나 자신이다. 나는 어떤 '비브라토'로 청중
들의 마음에 울림을 전해줄 수 있을까?

에스프레시보,
마이 라이프

워킹맘의 생활은 생각보다 더 힘들었다.

사무실에서 최소 8시간 근무를 하고 정신적, 신체적 스트레스에 지쳐 집에 돌아오면 또다시 나만 바라보고 의존하는 존재가 기다리고 있었다. 먹이고, 씻기고, 놀아주고, 재워주고…. 잠들면 설거지하고, 빨래하고, 정리해야 하는 끝나지 않는 엄마, 주부로서의 연장 근무….

아무것도 하기 싫은 주말, 외식을 하러 나서는 것조차 나는 피곤했다. 커다란 기저귀 가방을 메고 아기 띠를 하고 식당에 갔다. 맛집에서 모두가 맛난 음식을 먹으며 웃고 떠드는데, 나는 아기 띠를 하고 밥이 코로 들어가는지 입으로 들어가는지 모르는 채 다 식어버린 음식을 먹었다. 청명한 가을 하늘 아래 나 혼자 먹구름을 달고 다니는 듯한 기분이었다.

내 가방, 아이 가방, 차에서 먹을 아이 간식과 로션, 자동차 키…. 아이와 나서는 분주한 출근길 내 양손과 어깨에는 빈틈이 없다. 그런데 우산까지 더 들어야 하는 비 오는 날이면 나도 모르게 입에서 투덜거림이 나왔다.

다른 엄마들처럼 '아이가 예뻐서 내 한 몸 으스러져도 괜찮다'하는 모성이 나에게 부족한 것 같아 자신을 비난하기도 했다. 나 자신에게 실망하고, 화나니 '내 까짓 엄마가 뭘 제대로 키우겠어. 아이가 불쌍하다.' 하는 자포자기의 마음이 생겼고, 아이에게 오히려 더 잘 해주지 못했다.

낮아질 대로 낮아진 나의 자존감은 집에서건 직장에서건 손대면 톡 터져버릴 물풍선 같았다. 누군가가 의미 없이 던진 우스갯소리에도 혼자 상처 입고 마음속 깊이에 언제 튀어나올지 모를 가시들이 뿌리내렸다.

환하게 잘 웃던 내 얼굴은 난산으로 망가진 몸과 육아로 지친 마음으로 점점 '무표정', 아니 혼자 갖은 고초를 당하는 사람처럼 '찡그린 표정'으로 변해갔다. 즐겨보던 코미디 프로그램을 봐도 '어디, 나 좀 웃겨봐라.' 하고 벼르고 보니 크게 웃을 일이 없었다. 거울도 거의 보지 못하고 살다가 가끔 거울을 들여다보면 우울해 보이는 낯선 얼굴에 깜짝 놀랐다.

컬러영상이 흑백 영상으로 바뀌듯 풍성하던 나의 감성, 다채롭던 나의 감정들은 '잿빛' 일색이 되어갔다.

그러던 중에 우연한 음 이탈을 통해 나 자신을 돌아보면서 일상을 바라보는 나의 눈이 새로워졌고, 내 일상에 숨은 1인치를 찾게 해 주었다.

내가 자신의 마음을 들여다보는 시간을 가지니 그때그때 나의 감정을 놓치지 않고 읽을 수 있게 되었다. 내 마음이 '힘들다'고 하면 '힘들지?'하고 읽어주면 되고, '속상하다'고 하면 '속상하지?'하고 읽어주면 된다. '뿌듯하다'고 하면 '정말 자랑스러워'하고 공감해주면 되었다.

'내면의 나 좀 먼저 돌아봐줘' 하는 내가 나에게 던지는 한마디 메시지. 독서를 통해서도, 부모교육을 통해서도, 글쓰기를 통해서도 내가 깨달은 것은 이 메시지 하나였다.

검은색으로 두껍게 덧칠한 종이를 긁어내면서 무지갯빛 그림을 그리는 스크래치 화법처럼 부정적인 감정으로 뒤덮여있던 내 마음을 걷어내니 환희, 경쾌, 감사, 행복, 웃음, 슬픔, 공감, 서운함, 위로 같은 다채로운 감정들이 되살아났다.

맑은 물에 재가 들어가면 뿌옇게 변하듯 내 마음속에 다른 사람은 커녕 스스로에게조차 이해받지 못한 감정의 찌꺼기가 재처럼 남아 있으면 맑은 마음 상태가 될 수 없었다. 맑은 물이 되면 떠났던 물고기들도 되돌아오게 마련인 것이다.

우연한 음 이탈-작은 시도-로 들고 읽은 책 한 권, 부모교육, 글쓰기는 내 얼굴에 사라졌던 환한 웃음이 되찾아오게 했다. 과거로 떠났던 감사한 마음이 되돌아오게 했다. 남편과 아이의 입장이 되어 보고, 동료와 고객의 입장이 되어 보는 공감의 마음이 생기게 해주었다. 다시 오지 않을 것 같던 행복이 되찾아오게 해주었다.

나의 감성과 감정들이 생생하게 제 색깔을 되찾아가니 어제와 같은 일상이 오색찬란하게 느껴졌다.

이제 되찾은 다양한 감성과 감정들로 나의 모데라토 일상을 '에스프레시보(espressivo)'로 연주해갈 것이다.

'에스프레시보'는 악보에서, 표정을 풍부하게 또는 정감이 넘치게 연주하라는 말의 이탈리아어다.

나의 일상을 에스프레시보로 연주하기 위해서는 '진솔한 마음'만 있으면 된다. 과한 표현으로 억지 연주할 필요가 없다. 그 어떤 꾸밈도 필요하지 않다. 내게 우러나는 감성, 내가 느끼는 감정을 있는 그대로 받아들이고 흘려보내면 된다.

기쁜 척, 행복한 척할 필요 없다. '척하는' 꾸밈은 아주 짧은 연주라면 관객을 속일 수 있다. 하지만 연주가 조금만 길어져도 금세 들키고 만다.

언제나 기쁘고 행복하기만 해야 한다고 다른 감정들은 다 몰아내려고 자신을 닦달할 필요도 없다. 슬프면 슬픈 대로, 우울하면 우울한 대로 진솔하게 연주해가면 된다.

늘 마시던 커피가 어느 날 갑자기 쓰게 다가올 때도 있고, 달게 느껴질 때도 있다. 똑같은 커피지만 마시는 나의 기분이나 연상되는 추억, 날씨 등이 반영되어 달게도, 쓰게도 느껴지는 것이다.

우리의 일상도 매일 똑같아 보이지만 어제와 싱크로율 100%인 오늘은 없다. 어제와 똑같은 말을 듣고, 똑같은 상황에 부닥치더라도 나의 컨디션, 나의 기분, 나의 여러 상황에 따라 오늘은 어제와 다르게 해석되고 다르게 느껴진다. 나의 모데라토 인생에서 단 한 번뿐인 오늘을 연주하는 것이다.

모든 커피 메뉴의 기본이 되는 에스프레소(espresso) 추출은 바리스타의 가장 기본이라고 한다.

에스프레소는 고온, 고압으로 커피를 진액처럼 재빨리 내리는 방법이다. 농도가 진해서 다양한 커피 메뉴로 활용될 수 있다. 에스프레소(espresso)의 어원은 빠른 추출법이라서 영어의 express라고도 하지만, 나는 에스프레시보(espressivo, 풍부하게)'의 의미도 있을 것 같다.

나의 모데라토 인생도 주어지는 여러 가지 즐겁고, 힘든 경험들로 진액처럼 진한 맛과 향을 내어 위로가 필요한 누군가에게는 캐러멜마키야토, 공감이 필요한 누군가에게는 고소한 우유를 첨가한 카페라테, 쉼이 필요한 누군가에게는 따뜻한 아메리카노, 사막 같은 일상의 언덕을 넘는 누군가에게는 아이스 아메리카노로 쓰이면 좋겠다.

베레카가 전하는 일상변주곡
"향기"

갓 구운 빵을
보이지 않게 감출 수는 있습니다.

하지만
참을 수 없는 버터 향은
감출 수가 없습니다.

갓 내린 커피를
보이지 않게 감출 수는 있습니다.

하지만

참을 수 없는 커피 향은
감출 수가 없습니다.

사랑하는 연인의 미소를
들키지 않게 감출 수는 있습니다.

하지만
참을 수 없는 달달함은
감출 수가 없습니다.

안녕을 묻는 관심을
들키지 않게 감출 수는 있습니다.

하지만
참을 수 없는 신경쓰임은
감출 수가 없습니다.

보이는 것보다
향기로 다가올 때
참을 수 없는 끌림을 느낄 때가 있습니다.

당신에게서
참 좋은 사람냄새가 납니다.

눈에 보이는 것만을 믿고 따르는 경향이 있다. 밤하늘에 보름달이 뜨면 모두가 두 손을 모으고 소원을 빈다. 달은 언제나 그곳에 있었고, 달은 언제나 둥근 모양이지만 우리는 보름이 되어야만 달을 간절하게 바라본다. 보이는 것만이 전부가 아니라는 사실을 깨달을 수 있으면 좋겠다.

제4악장
워킹맘의 칸타빌레(노래하듯이) 인생

감사함으로 노래하다

감사함으로 시작된 그 어떤 모데라토 인생도 매일의 일들이 반복되다 보면 '감사'할 것들보다 '불평'할 것들을 찾게 되기 쉽다. '일상'의 모든 것들이 '당연한' 것으로 여겨지기 때문일 것이다. 당연한 월급, 당연한 건강, 당연한 주차 공간, 당연한 버스 도착, 당연한 쇼핑, 당연한 수면, 당연한 식사…. 이런 일상의 것들이 조금만 틀어지게 되면 '불평'하게 된다.

그러다가 그 '일상'의 것 중 하나를 잠시 잃게 되면, 이제껏 나의 '일상'은 결코 '당연한' 것들이 아니었음을 깨닫게 된다. 지구가 태양을 향해 질주하지 않는 것도, 중력으로 우리가 땅을 밟고서 다니는 것도,

보이지 않는 공기로 숨을 쉬는 것도, 씨를 뿌리면 곡식을 거두는 것도…. 우리는 '당연한' 것이라 여기지만, 어째서 우리가 이런 것들을 '거저' 누리고 있는 것인지 깊이 생각해본다면 이 모든 것들은 우리가 감사할 조건들이다. '거저' 주어지는 것, '거저' 누리는 것은 모두 '은혜'다. 우리의 일상은 '은혜'다.

아침에 눈을 뜰 때마다 남은 삶의 첫날을 시작한다는 기분으로 맞이한다면 조금은 살아간다는 느낌이 달라질 듯하다. 매일은 아니지만, 나도 때로는 이런 근사한 기분으로 아침을 맞이하곤 한다. 그때마다 살아있다는 벅찬 감동이 가슴을 가득 메운다. 나에게 주어진 모든 것들이 너무나 감사하고, 곁에 있는 사람들이 얼마나 고마운지 새삼 깨닫게 된다.

얼마 전까지 나는 나의 '모데라토 인생'에서 '감사'를 잃어버린 채 반복되는 일상의 일, 만성피로, 찌든 스트레스로 무덤을 향해 무덤덤하게 걸어가듯 살아왔다. '감사'가 없는 삶은 '불평'을 낳고, '불평'은 '불편한 대인관계'를 낳고, '불편한 대인관계'는 '짜증'을 낳고, '짜증'은 '면역 저하, 만병발병'을 낳고, 그것들은 다시 '불평'을 낳는 악순환이 계속되었다.

그러던 중에 우연한 음 이탈(부모교육, 글쓰기강의, 블로그 등)을 통해 제일 먼저 회복하기 시작한 것이 '감사'하는 마음이었다. '감사'는 돈 들이지 않고 얼굴의 주름을 펴는 '보톡스' 같다. 감사 일기를 쓰고,

감사편지를 쓰면서 얼굴 주름과 마음의 주름이 활짝 펴지는 것 같다.

매일의 삶 가운데 늘 '감사'한다는 것은 말처럼 쉽지 않다. 지금도 여전히 불쑥불쑥 튀어 오르는 '불평' 두더지를 억지로라도 '감사' 방망이로 내리치려고 애쓰고 있다. '감사'도 훈련이 되면 더 잘하게 된다.

일상 속에서 '감사'를 찾으려고 노력하면 '관점'이 바뀐다. '관점'이 바뀌면 매직아이처럼 상황 속에서 감사할 거리가 눈에 들어온다.

행복이라는 선물은 불행이라는 포장에 쌓여 우리에게 전해진다. 그 포장을 열 수 있는 열쇠가 바로 감사라고 한다. 감사하는 마음이야말로 일상의 불평과 불만을 사라지게 만들 수 있는 유일한 감정이다.

'감사'는 결혼과 동시에 벗겨졌던 '콩깍지'를 재생시켜준다. 결혼 후 우리 부부는 몸무게가 많이 늘었다. 먹성 좋은 부부가 경쟁적으로 먹어대니 몸무게가 안 늘 수가 없다. 한창 '불평'의 악순환 속에 살았던 얼마 전까지는 결혼 후 옆구리로 흘러넘치는 남편의 뱃살이 그리 보기 싫을 수가 없었다. 쩝쩝거리며 먹는 모습을 보며 "많이 먹네. 소를 키우면 키웠지, 당신 배는 못 채우겠다." 하며 핀잔을 주었다. 나 자신도 만만치 않게 살이 쪄서 옷 사이즈가 커졌음에도 불구하고….

'감사 거리'를 찾고 '감사'하려고 노력하다 보니 남편의 폭신한 뱃살이 후덕해 보이고, 게걸스럽게 먹는 모습에서 복 들어오는 소리가 들리기 시작했다. 홀라당 벗겨졌던 '콩깍지'가 조금씩 재생되는 것이다.

여린 잎처럼 되살아나는 내 눈의 '콩깍지' 덕에 남편을 보는 눈빛은 따뜻해지고, 내 말은 달콤한 카스테라처럼 부드러워졌다.

'감사'는 '좋은 만남'을 불러온다. 대인관계는 거울이고, 부메랑이다. "가는 말이 고와야 오는 말이 곱다"는 속담처럼 누군가를 만날 때 내가 '의심'으로 다가가면 '의심'으로 돌아오고, '악의'로 다가가면 '악의'로 돌아오고, '불평'으로 다가가면 '불평'으로 돌아온다. '미소'로 다가가면 '미소'로 돌아오고, '호의'로 다가가면 '호의'로 돌아오고, '감사'의 마음으로 다가가면, '감사'로 돌아온다.

'감사'는 또 다른 '감사'를 낳는다. 감사는 번식력이 강하다. 감사하기로 마음먹는 순간부터 감사 거리가 생긴다. 작은 것에 '감사'하다 보면 또 '감사'할 것을 찾게 된다. '감사'는 전염성도 강하다. 내가 '감사'하려는 노력을 시작하고, 나의 아이도 '감사'를 찾고 있다. '감사'를 찾는 사람들을 만나게 된다. 힘들고 지칠 때도 '감사'를 약으로 삼아 서로 진심 어린 위로를 주고받게 된다. 그 만남이 온라인이든 오프라인이든….

'감사'는 곧 '긍정'이다. '감사'를 연습하다 보니 똑같은 여건 속에서 '감사 거리'를 찾게 되고, 나에게 주어진 상황이 객관적으로는 슬프고 힘들더라도 '그럼에도 불구하고' 감사하려는 마음이 생긴다. 어떤 상황에서도 '긍정'적인 것들을 찾아내려고 애쓰게 되니 나의 무의식도 점점 '긍정'적으로 변하는 것을 느낀다. 타인의 말과 행동에 쉽게 상처 입고 괴로워했던 내가 '감사'하는 마음을 가지려 노력하면서부터 그런 말과 행동을 할 수밖에 없었던 그 사람에 대해 '이해'하려는 마음과 그런 말과 행동에도 상처 입지 않는 '자존감'이 생겼다.

'감사'는 행복해지는 지름길이다. 감사는 벗겨졌던 '콩깍지'를 재생해주고, 좋은 만남을 주고, 또 다른 감사를 낳고, 긍정과 타인 이해, 자존감 회복을 준다. 일상에서 행복을 느낄 수밖에 없는 길을 열어준다.

'왜 나만 이런 일을 겪어야 하는가?'
'왜 나는 더 부유하게 태어나지 않았나?'
'왜 나는 난소에도 혹, 자궁에도 혹을 달고 있는가?'
'왜 나는 애 낳고 기미가 생겨버렸나?'
'왜 나는 독박육아를 감당해야 하나?'
이런 불평들로 나의 30대를 보냈다.

아무도 남들과 나를 비교 평가하지 않는데, 나 스스로가 나 자신을 심사대에 올려놓고 '자아비판'하듯 나 자신을 몰아세우고, 상처 내고, 아파하며 나의 30대를 보냈다. 얼마나 안타까운 일인지 깨달은 지금, 나는 나의 30대를 우울하게 보내버린 나 자신을 원망하지 않는다. 미워하지 않는다. 더 늦기 전에 '깨달은 것'에 감사하며 그저 토닥여준다. 나에게는 놀라운 변화다.

40대에 첫발을 들여놓은 나. 앞으로의 내 삶에도 내가 겪어보지 못한 좌절도, 슬픔도, 기쁨도, 감격도 있을 것이다. 그때그때 나의 반응과 나의 태도가 어떨지 모르겠다. 그러나 한 가지. 내 남은 인생에서 '감사'의 끈은 절대로 놓지 않을 것이다. 때로는 휘청휘청 흔들릴지 몰라도 '감사'라는 끈을 단단히 붙잡고 있는 한 다시 일어설 수 있을 것이다.

그 누구도 평탄하기만 한 인생을 사는 사람은 없다. 굴곡의 개수, 경사의 정도만 다를 뿐 희로애락은 누구에게나 있다. 그런 의미에서 모든 사람은 각자 모데라토 인생을 사는 것이다.

나는 감사함으로 노래하듯 나의 모데라토 인생을 변주해갈 것이다.

기쁨으로 노래하다

얼굴을 간지럽히는 아침 햇살이 '괴로움'이 아니라 '기쁨'일 수 있다면,

칭얼칭얼 아이의 보채는 울음소리에 '짜증'이 아니라 '기쁨'을 느낄 수 있다면,

피곤한 몸으로 귀가한 나를 반기는 설거지할 그릇들과 빨랫감들을 볼 때 '서글픔'이 아니라 '기쁨'을 찾을 수 있다면,

찌릿찌릿 저리는 손목터널증후군의 통증으로 새벽에 깼을 때 '비참함'이 아니라 '기쁨'을 고백할 수 있다면,

그 사람은 도인일까? 그런 일은 절대로 있을 수 없는 억지일까?

나에게도, 그 누구에게도 똑같이 주어지는 '단 한 번의 인생'을 나는 이왕이면 기쁘게 살고 싶었다.

공부가 업이었던 학창시절에는 '대학에 들어가면 지금과 달리 기쁨 넘치는 인생이 펼쳐질 것'이라는 막연한 기대감, 막연한 확신으로 살아왔다. 막상 대학에 들어가 보니 '취업, 진로' 고민으로 마냥 기쁘고 즐겁기만 한 캠퍼스 생활은 아니었다. 취업하면 '기쁘고 행복하겠지. 만사형통하겠지' 했지만 '사랑, 이별, 결혼'이라는 스트레스 환경에 놓여 '기쁘고 즐거운 삶'과는 더 멀어졌다. 결혼하고 '신혼과 임신'의 기쁨이 내게 잠시 머물렀을 때, '드디어 이제 나에게 완전한 기쁨이 찾아왔나 보다'하며 착각했으나 '출산, 육아, 만성피로, 부부싸움'이라는 새로운 좌절들로 '기쁘고 즐거운 생활은 역시 철없던 유년시절뿐이었다.' 생각하며 '미래'에서 찾던 '기쁨'을 이미 '과거'에서 지나간 것이라 단념할 수밖에 없었다. 그냥 숨이 붙어있으니 하루하루 살아가는 것이 누구나의 인생, 모데라토 인생이라 생각했다. 앞서 말한 우연한 음이탈을 하기 전까지….

그때까지 나에게 '감사'가 '~을 받아서/~기 때문에 감사'하는 조건부 감사였듯, '기쁨'도 '~해서 기쁜' 조건부 기쁨일 뿐이었다.

나는 먹을 것을 먹으면 엔도르핀이 생기는 성향이다. 나와 친하게 지내는 직장 상사의 우스개 표현을 빌리자면

"네 뇌를 열어 볼 수 있다면 분명히 한쪽은 주름이 쪼글쪼글하고 다

른 한쪽은 매끈매끈할 거다. 금방 구시렁구시렁 화내더니 먹을 거 보고는 그리 해맑게, 환하게 웃나~하하하"

맛난 것을 '봐서' 기쁘고, '먹어서' 기쁘다. 조건반사 같은 조건부 기쁨….

'조건부 감정'은 그 감정을 느끼게 하는 '조건'이 사라지면 마음에 그 감정과 반대되는 감정을 갖게 한다. '기쁘게 해주던 무언가'가 사라지면 슬퍼지거나 화난다. '감사하게 해주던 무언가'가 사라지면 불평하거나 원망한다. '행복하게 해주던 무언가'가 사라지면 불행을 느끼고 우울해진다.

진정한 감사와 기쁨을 느끼려면 어떤 '조건'이 아니라 '무조건' 감사하고 기뻐해야 한다는 것을 나의 '머리'가 아닌 '가슴'으로 이해하고 받아들인 것이 불과 얼마 전의 일이다.

나는 내게 주어진 단 한 번의 삶이 축제처럼 기쁘기를 원한다.

'기쁨'은 어떤 '외적인 조건'이 가져다주는 결과가 아니라 기쁘기로 한 나의 '내적인 선택'의 결과여야 한다. 어떤 '조건'들 때문이 아니라 그저 내가 주어진 하루하루의 시간과 호흡, 존재. 이 모든 것이 '하나님의 은혜'라는 것을 잊지 않는다면, 어떤 상황에서도 나는 '기쁨'을 선택할 수 있다.

오늘이 끝이 아니라는 사실, 어제의 내일이 오늘로 내게 주어진다는 사실이 은혜임을 기억한다면,

얼굴을 간지럽히는 아침 햇살이 '괴로움'이 아니라 '기쁨'일 수 있다.

엄마와 살을 더 비비고 싶다는 신호라는 사실, 나의 보호가 있어야 하는 천사를 주셨다는 사실이 은혜임을 기억한다면,

칭얼칭얼 아이의 보채는 울음소리에 '짜증'이 아니라 '기쁨'을 느낄 수 있다.

바쁜 가운데서도 가족들이 함께 아침을 챙겨 먹을 수 있다는 사실, 헐벗지 않고 입을 수 있다는 사실이 은혜임을 기억한다면,

피곤한 몸으로 귀가한 나를 반기는 설거지할 그릇들과 빨랫감들을 볼 때 '서글픔'이 아니라 '기쁨'을 찾을 수 있다.

멀쩡한 손가락, 멀쩡한 팔, 다리를 갖고 있다는 사실이 은혜임을 기억한다면,

찌릿찌릿 저리는 손목터널증후군의 통증으로 새벽에 깼을 때 '비참함'이 아니라 '기쁨'을 고백할 수 있다.

외적인 조건을 다른 사람들과 비교하며, 과거 혹은 미래의 있었을지, 있을지 모를 나의 조건들과 현재 내가 가진 조건을 비교하며 불필요하게 시무룩하지 않은가? 잊지 말자. 기쁨은 내가 선택하면 가질 수 있는 감정이다.

나는 기쁨으로 노래하듯 나의 모데라토 인생을 변주해 갈 것이다.

기도로 노래하다

하루를 기도로 여는 것은 축복이다. 또 다른 '오늘'이 나에게 주어진 것에 감사하고, 나의 오늘 하루를 아름답게 그려갈 수 있기 때문이다. 곁에 잠든 아이의 숨소리를 들으며 기도하고 있노라면 나의 기도가 나의 호흡임을 느낄 수 있다.

이른 새벽 꿈결같이 들려오던 엄마의 아름다운 기도 소리, 찬양 소리를 나는 기억한다. 엄마의 유일한 당신만의 공간은 '부엌 한쪽 구석'이다. 아침에 눈 뜨고 부엌에 나와 보면 항상 손때 묻은 '성경책'과 '자녀를 위한 기도문, 가족을 위한 기도문' 같은 소책자, 그리고 얇은 돋보기안경이 가지런히 포개져 있었다.

우리 삼 남매가 청년이 되어서야 교회에 나오신 부모님…. 부모님이 함께 신앙 생활하기를 위해 얼마나 기도하며 살았던가. 어릴 때부터의 간절했던 내 기도가 응답받은 것은 내가 20대가 넘어서였다. 쑥스러워하시며 '교회' 문턱 넘기를 어려워하셨던 엄마는 언제 그랬나 싶게 믿음이 자랐고, 이른 아침 시간을 성경 읽기, 기도, 찬양으로 한결같이 열고 계신지가 어느덧 17년이 넘었다. 처음에 기도가 어렵다고 하셔서 '자녀를 위한 기도문, 가족을 위한 기도문'으로 채워진 소책자를 사드렸고, 매일 아침 읽는 것으로 기도를 대신하면서 기도를 시작하셨다. 지금은 기도문을 읽고 난 뒤 엄마만의 기도도 드린다. 나의 어릴 적 기도가 이루어져 이제는 엄마가 나를 위해 기도하고 계신다. 감사하고 감격스럽다.

이제 나도 나만의 공간 -바뀔지 모르지만, 지금은 안방 욕실 옆 화장대-에서 내 아이를 위해, 내 가족을 위해, 내 이웃을 위해 기도하고 찬양하며 아침을 연다. 내 아이의 꿈결 속에도 나의 기도 소리, 찬양 소리가 아름답게 기억되고 이어져 내려가길 바라면서….

기도는 하면 할수록 그 영역이, 그 범위가, 그 대상이 커진다. 그만큼 내 마음 그릇도, 내 안의 사랑도 커진다. 나를 위한 기도가 내 가족을 위한 기도로, 내 친구를 위한 기도로, 내 이웃을 위한 기도로, 내 나라와 민족을 위한 기도로, 세계를 위한 기도로 커진다. 당장 눈앞에

닥친 문제 상황을 헤쳐나가기 위한 기도부터 오지 않은 내일을 위한 기도로 나아간다. 달라고만 하던 기도가 줄 수 있기를 구하는 기도로 자란다.

기도는 마음 그릇, 사랑뿐만 아니라 시야를 넓혀준다. 나의 코앞만 보던 내 눈을 들어 독수리같이 앞을 보게 한다. 당장 어찌 될 것처럼 '순간'에 쫓기는 눈을 열어 '영원'을 바라보게 한다. 코앞에서 앞을 바라볼 때라야 '높고 낮음'의 차이가 구별된다. 독수리의 눈으로 아래를 내려다보면 '높음'으로 자랑하거나 '낮음'으로 기죽을 것이 없어진다. '영원'이라는 무한대의 시간관념에서 지금을 바라보면 '기쁘고 슬픈' 그 어떤 감정, 기분, 상황이 '길고 짧음'을 견줄 수 없다. '영원' 속에서는 모든 것이 '순간'일 뿐이므로 그 어떤 감정, 기분, 상황도 '이 또한 지나가는' 점 같은 시간일 뿐이다.

깊은 바닷속은 바닷가에서 일렁이는 파도와 상관없이 그저 품을 것을 품고 고요하듯, 기도는 평온한 마음, 한결같은 마음을 준다. 어떤 문제를 만나든 요동하지 않고 평안할 힘이 생긴다. 때때로 나의 입은 바닷가 파도처럼 불평하기도, 원망하기도, 슬퍼하기도 하지만 나의 내면 깊숙한 곳의 내 영혼은 한결같이 평안하다.

하나님이 내게 열어준 인생의 무대는 하나님이 조종하는 대로 무표정하게 움직이는 '인형극 무대'가 아니다. 하나님이 내게 주신 자유의지대로 나 스스로가 꾸며나가는 무대다. 이 무대에서 나는 나의 인생을 '1인칭 주인공 시점'으로 살아가고, 내게 닥쳐올 상황과 그에 따른 나의 감정들은 '전지적 작가 시점'으로 바라보아야 한다. 기도가 나의 상황과 감정을 창조주의 눈으로 바라보는(전지적 작가 시점) 것이 가능하게 해 준다.

기도는 돈 들이지 않는 선행이고, 사랑의 실천이다. 내 가족은 물론, 나의 친구, 이웃, 동료들 가운데 힘든 상황에 놓인 누군가가 있다고 치자. 당장 달려가 위로할 형편도 못되고, 넘치는 물질로 도와줄 형편도 못 된다 하더라도 미안한 마음, 안타까운 마음으로 스스로 힘들어하지 말자. 그 사람을 위해 기도할 수 있다. 기도는 시간도, 공간도 제약이 없다. 누군가를 위한 나의 진심 어린 기도는 어쩌면 그의 인생을 바꿔놓을지도 모를 선행이고 사랑의 실천이다.

기도는 믿음이다. 내게 선하신 하나님을 믿는 믿음이고, 내 삶이 잘 될 것이라는 긍정의 믿음이다. 진심을 담은 기도는 어떤 방법으로든 응답을 받는다. '기도'는 내가 원하는 대로의 응답만 바라는 '기복'과는 다르다. 기도는 인생의 모든 굽은 길을 펴 주는 만능 롤러가 아니다. 평탄한 인생만 살 수 있는 만능 티켓도 아니다. 굽은 길을 잘 걸어갈 수 있는 지혜를 얻고, 평탄하지 않은 상황에서도 평안을 누릴 수 있는 은혜를 얻는 것이 기도다. 내가 원하는 대로의 응답을 받을 때도 있고, 내가 원하지 않던 응답을 받을 때도 있다. 그러나 어떤 응답이건 내가 아직은 알지 못하는 좋은 결과로 나아가기 위한 과정 중에 일어

나는 일이라는 사실을 믿는 것이 참된 기도다.

　나는 언제까지나 나와 내 가족, 내 이웃을 위한 매일의 기도로 노래
하듯 하루하루 살아가기 원한다.

사랑으로 노래하다

'사랑'이라는 말처럼 따뜻한 단어가 또 있을까? '사랑'이라는 말처럼 포용적인 단어가 또 있을까?

소중하게 여김, 아낌, 즐김, 이해하기, 희생, 돕기의 다른 표현이 '사랑'이다. '사랑'이라는 말처럼 어떤 단어들을 대체하기 쉬운 단어가 또 있을까?

누구나 평생 한 번은 주고받는 감정 중 하나가 '사랑'이다. 부모와 자식 간의 사랑이든, 남녀 간의 사랑이든, 하나님과의 사랑이든, 동물이나 물건에 대한 사랑이든 누구나 한번은 사랑을 주든지 받든 지 한다. '사랑'을 이야기하는 책은 시대를 막론하고 서점에 늘 차고 넘친다. 그만큼 인생에 있어서 중요한 주제 중 하나가 '사랑'일 것이다.

여섯 살 아들이 아기 때부터 사랑해 온 '애착 물건'이 있다. 강아지 그림이 그려진 타올지 베개 2개를 사줬더니 '둥둥이, 동동이'라는 이름을 붙여주고 자기가 낳은 자식처럼 애지중지한다. 밤마다 이불을 덮어주고 토닥토닥해준다. 국내는 물론이고 국외여행을 할 때도 꼭 데리고 간다. 베개의 모퉁이를 쓰다듬으며 위안을 받는 모양이다. 내 아이도 사랑을 주는 경험 중이라는 사실에 감사한다.

'사랑과 재채기는 숨길 수가 없다'는 말에서의 '사랑'은 남녀 간의 사랑, 특히 '결혼'이라는 제도에 들어오기 전 '연애감정'을 말하는 것이다. 이성과 사랑에 빠지면 하늘에 나는 새들과도 대화할 수 있을 만큼 구름을 탄 듯한 기분이다. 화나는 상황이 닥쳐도 웃고 가볍게 넘기는 경우가 많고, 히죽히죽 혼자 웃는 경우도 많다. 어제 본 코믹영화를 오늘 다시 보더라도 똑같이 웃을 수 있다. 입꼬리는 올라가 있고, 콧노래가 자주 흘러나온다. 아닌 척해도 주변에서 "뭐 좋은 일 있지?"하고 물어온다. 숨길 수 없다. 누구나 알아챌 수 있는 사랑이다.

그와 반대로 한없이 쏟아 부어주어도 결코 다 알아채지 못하는 '사랑'도 있다. 자식을 향한 부모의 사랑이 그렇다. 자식을 향한 부모의 사랑은 '부모니까, 낳았으니까 당연히 사랑해줘야지'하고 '당연히' 감당해야 할 '책임감, 의무감, 과제'로 여겨지기 쉽다. 자식 사랑에서 우러나오는 부모님의 희생, 헌신도 '당연하다.' 생각하니 크게 느껴지지 않는 것이다. 부모님의 측량할 수 없는 숭고한 사랑의 깊이, 높이, 넓이를 '당연'이라는 한 단어로 압축해버리기 쉽다. 한 아이의 부모가 되고 나서야 '당연'이라 여겼던 부모님의 사랑이 얼마나 헤아리기 어려울 만큼 크고 감사한 것인지 조금 알 것 같다는 생각이 든다.

화재 속에 죽을 수밖에 없는 사람을 '사랑의 힘'으로 구해주고 대신 죽은 소방대원의 숭고한 죽음, 아픈 이웃을 위해 '사랑의 힘'으로 장기를 기증한 시민 이야기, 강도를 만난 사람을 구해주는 선한 사마리아인 이야기…. '사랑의 힘'이 위대하다는 사실은 여러 책에서, 뉴스 기사에서 수많은 사례를 통해 접할 수 있기에 이론적으로 누구나 잘 안다. 실천이 어려우므로 '대단한 사랑'이라는 것도 잘 안다.

나는 그런 '대단한 사랑, 거창한 사랑'을 실천하는 소수의 사람만이 '사랑'을 거론할 자격이 있다고 생각하지 않는다. 우리는 누구나 일상 가운데 자잘하고 소소한 사랑을 실천할 수 있고, 누구나 '사랑'을 이야기할 자격이 있다.

희생과 헌신을 수반하는 무거운 사랑보다 누군가의 마음을 밝게, 화사하게 살짝만 끌어올려 줄 수 있는 팝콘 같은 사랑을 매일매일 발견하는 것은 일상을 새롭고, 재미있고, 보람차게 만들어 준다.

아침에 눈을 떠서 제일 처음 만나는 내 가족들과 '사랑' 담은 인사를 나누는 것, 내가 해야 할 일상의 일들에 정성을 들여 최선을 다하는 것, 이웃에게 작은 배려, 작은 친절을 베푸는 것은 누구나 실천할 수 있는 소소한 사랑이다. 이것이 내가 평생 노래하고 싶은 사랑이다.

사랑의 눈빛으로 아이를 바라보고 안아주면 해맑은 아이의 웃음으로 되돌아온다. 사랑의 마음으로 남편을 바라보면 미운 점, 부족한 점보다 고운 점, 잘 하는 점을 발견할 수 있다.

사랑의 눈빛도, 사랑의 마음도 좋지만, 사랑의 말과 사랑의 표현은 더 좋다.

사랑의 눈빛과 마음이 분위기 있는 흑백사진이라면, 사랑의 말과 표현은 선명한 컬러사진일 것이다. 때로는 흑백 사진만으로도 충분히 전달되겠지만, 나의 사랑을 상대방에게 좀 더 선명하게 전달하려면 사랑의 말을 하고, 사랑을 표현해야 한다.

내가 생각하는 사랑이란 '상대방을 포기하지 않는 것'이다. 가족이든 친구든 이웃이든 직장에서 만나는 사람이든 '그 사람은 원래 ~한 사람이다.' 라고 단정 짓고 마음을 접어버리지만 않는다면 그 사람에게 작은 사랑을 실천할 수 있는 길은 분명히 있다.

진심 어린 사랑은 '기쁨'이라는 메아리를 달고 다닌다. 내가 작은 사랑을 바깥으로 표현하면 내 안에서 기쁨이 솟아난다. 헌혈하고 나면 우리 몸에 신선한 혈액이 새로 생성되듯, 사랑을 표현하고 나면 내 안에 새로운 사랑이 솟아난다.

작은 사랑의 실천은 '사랑'이 내 속에서만 고여져 비뚤어진 '자기애'로 썩어지지 않고, 다른 사람에게 흘러넘쳐 '마르지 않는 샘'이 되게 한다. 샘에는 많은 생명체가 모여들 듯이 마르지 않는 사랑의 샘을 찾는 누군가의 목을 축여줄 수 있기를 소원한다.

진심 어린 사랑은 '긍정'의 반사경을 달고 있다. 내가 누군가에게 사랑을 실천하면 상대방도 나에게 친절이든 호의든 때로는 무덤덤함이든, 어쨌거나 부정적이지 않은 표현으로 되돌려준다.

날마다 사랑으로 노래하듯 나의 모데라토 인생을 변주해갈 것이다.

소통으로 노래하다

사람은 누구나 하나 이상의 '인간관계' 속에 놓인다. 부인하려 해도 부인할 수 없는 부모-자식의 관계, 친구 관계, 스승-제자의 관계, 이웃 관계, 동료 관계, 연인관계, 부부관계…. 혼자 살아가는 사람은 한 명도 없다. 모두가 하나(一)의 인격체로서 하나(一)의 다른 인격체를 만나 서로 기대고 살아가는 것이 사람(人)이라는 사실은 진리다.

사람은 누구나 울타리를 치려 하는 속성을 갖는다. '우리 가족', '우리나라', '우리 회사', '우리 모임'….

울타리를 치려는 속성은 '안전하려고 하는 욕구'에서 나오는 것으로, 매슬로의 인간 욕구 5단계 이론에 따르자면 생존을 위한 가장 기초가 되는 '생리적인 욕구' 바로 다음에 이어지는 욕구다. 생존한다면 안전하려고 하는 것은 인간의 본성이다.

울타리는 우리에게 '안정감과 소속감, 유대감을 주는 무언가'다. 그러나 나에게 안락함, 따뜻함을 주는 그 울타리가 남에게는 '배척과 소외를 주는 무언가'가 되면 안 된다.

나에게 안전을 보장해주는 울타리가 이왕이면 따뜻한 원목으로, 항상 두드리면 열릴 수 있는 문을 단 것이면 좋겠다. 나의 울타리가 뾰족뾰족 거친 쇠창살이라면 나의 안전은 보장받겠지만, 그 누구도 접근할 수 없고, 다가오면 상처 입게 될 것이다. 결국은 울타리 안의 나도, 울타리 너머 다른 사람들도 소외될 수밖에 없다. 넓디넓은 세계를 각자의 울타리 안에서만 좁디좁게 살아가야 한다.

진정한 소통을 위해서는 '열린 마음'이 중요하다.

'나'와 '나 아닌 사람' 간에 막힘없이 잘 통한다는 것이 사전적 의미에서 '소통'이다. 이것은 누군가는 말만 하고, 또 다른 누군가는 듣기만 하는 '일방통행'이 아니라 서로 말하고 듣고 감정을 나누는 '쌍방통행'이다.

친구 관계, 동료 관계 같은 수평적인 관계는 물론이고 직장에서의 상하관계처럼 수직적인 관계에서도 '소통'이 필요하다. 이제는 물이 아래로만 흐르지 않는다. 급수펌프를 가동해서라도 아랫물이 위로

섞여야 시대의 요구를 만족하는 조직으로 성장할 수 있다.

소통은 '열린 마음'에서 시작된다. 내가 여는 만큼 다른 사람도 연다.

바쁜 출근길 층층이 서는 엘리베이터를 보며 발을 동동 구른다. 드디어 문이 열리고 마주치는 여러 쌍의 눈들. 버스든 극장이든 어느 장소든지 '선점'하는 자와 '합류'하는 자의 입장은 왠지 모르게 차이가 난다. 문이 열리면 나와 여섯 살 아들을 향해 꽂히는 시선에 쭈뼛쭈뼛 발을 들여놓는다.

"안녕하세요?"

누군가 건네는 이 한마디가 얼마나 고마운지, 어색한 합류 자에게 얼마나 힘을 실어주는지 경험해 본 사람은 알 수 있다.

그 힘에 "안녕하세요?" 하고 얼른 용기 내어 되돌려 주고 나면 주차장까지 가는 동안 나와 아들은 이제 선점자 부류에 들어가게 된다. 그 무리 속에 포함되는 것이다. 누구나 '열린 마음'만 있으면 소통의 물꼬를 틀 수 있다.

진정한 소통을 위해서는 '차이를 인정하는 것'이 중요하다.

열린 마음으로 소통하기 시작했다면 각자의 '다름'을 인정하는 것은 저절로 될지도 모르겠다. 세상이 온통 흰색, 회색, 검은색 같은 무채색으로만 가득하다면 어떨까? 세상이 끝없이 육지만 있고 바다가 없다면 어떨까? 세상에 남자가 한 명도 없으면 어떨까? 아이가 한 명도 없으면 어떨까?

다양함, 다채로움이 우리에게 주는 풍성함에 감사해야 한다. '차이를 인정하는 것'은 존중이고, 진정한 소통을 위한 조건이다. 나의 의견과 '다르다'고 해서 그 사람의 사고방식이 '틀렸다'는 것은 아니다.

'틀리다'라는 말은 대체할 수 없는 '유일한 정답'이 있는 진리, 법칙에 어긋날 때 한정적으로 사용되어야 할 조금은 부정적인 단어다. '다르다'라는 말은 바나나, 딸기, 사과, 배 등 '과일'이라고 분류하는 다양한 과일들의 모양, 맛을 표현할 때 사용되는 긍정적인 단어다.

우리는 모두 '인간'으로 분류되지만, 생김새, 생각, 가치관, 생활방식 등 많은 것들이 다르다. '다르다'는 것은 뷔페와 같다. 뷔페에서는 한식, 중식, 양식 가릴 것 없이 다양하게 맛볼 수 있으므로 무엇을 먹을지 고민할 필요가 없다.

인생을 대하는 우리의 자세도 불필요한 고민은 접어둘 필요가 있다. 나와 다른 생각, 의견을 만났을 때 '맞다, 틀리다.' 라는 정답 찾기로 고민하지 말고, 그저 다양한 음식을 맛보듯 '다름'을 있는 그대로 누리면 된다.

진정한 소통을 위해서는 '공감'이 중요하다.

사람은 누구나 자신만의 자기장을 가지고 있다. 자석이 쇳가루들을 끌어들이듯 서로를 끌어들이는 자기장을 가지고 있다. 유사한 자기장이 모여 더 큰 자기장을 만들어내기도 한다.

사람은 '아는 만큼' 느끼고 이해하는 것이 아니라, '경험한 만큼' 느끼고 이해한다. 그래서 사람들은 관심사가 비슷한 사람끼리 모이고, 처지가 비슷한 사람끼리 모이기 쉽다. 이것이 '공감'의 힘이다. '공감'한다는 것은 '같은 마음, 같은 느낌을 갖는 것'이고, 공감을 받는 사람은 한없는 격려와 위로를 받는다.

진정한 소통은 '모데라토 인생'을 살게 한다.

'소통'은 나만 특별히 못났다거나, 나만 특별히 소중하다는 착각을 내려놓게 한다. 소통을 통해 다양한 인생살이를 나누다 보면 우리의 살아가는 모습은 그저 끊임없이 반복되는 포물선 모양이라는 것을 알아챈다. 어떤 사람은 앞서 큰 포물선이 나오고, 어떤 사람은 잔잔한 포물선을 그리다가 뒤에 큰 포물선이 나오기도 한다. 지금 내 상황이 어떤 포물선 상에 있든지 잊지 말아야 할 것은 내려오는 중이면 올라갈 것이고, 올라가는 중이면 내려올 것이라는 그 사실이다. 포물선이 한없이 크게 그려진다고 느껴지는가?

그래도 잊지 말아야 할 것은 나의 삶은 큰 범주에서 '평범하다'는 사실이다. '보통'이라는 사실이다. 우리 인생에 오차범위는 의미 없다. '평범함'의 범위, '보통'의 범위를 크게 잡으면 된다. 그것이 소통을 통해 누릴 수 있는 '평정심'이다.

내 인생은 내가 살아가는 것이다. 각자의 인생은 각자가 살아가는 것이다. 인생의 주체가 누구인지를 잊지 않는다면 다른 사람에게 많은 것을 요구하지 않아도 된다. 그저 각자의 인생 여정에서 때로는 함께 울고, 때로는 함께 웃는 것. 그것으로 충분하다는 것을 알게 된다. 요구가 큰 만큼 기대가 커지고, 실망도 커지고, 미움도 커진다. 그저 함께 어깨를 나란히 하고 손잡고 걸어간다는 사실만으로도 누군가가 나에게 줄 수 있는 최고의 선물을 받고 있다는 것을 기억하자.

따스한 소통으로 내게 주어진 모데라토인생을 아름답게 살아가기 원한다.

배려로 노래하다

카페에 가 보면 여자들끼리 온 그룹, 연인 남녀 그룹, 드물지만 남자들끼리 온 그룹의 사람들을 만나게 된다.

언젠가 이런 우스개 이야기를 들었던 게 기억난다.

여자들끼리 온 그룹은 쉴 새 없이 이야기한다. 그룹에 속한 사람들 한 명도 빠짐없이 입술이 움직인다. 가까이 다가가서 들어보면 각자 이야기를 하는데, 때때로 다른 사람 이야기에 맞장구쳐주고 또다시 각자 이야기를 이어간단다.

남자들끼리 온 그룹은 그룹에 속한 사람들 한 명도 입술을 움직이지 않고 멀뚱멀뚱 바라보고 있다. 가까이 다가가서 들어보면 '휴~', '흠

~' 콧김 소리가 전부다. 서로 할 이야기가 없단다.

연인 남녀가 마주 앉은 그룹은 서로 이야기를 주거니 받거니 하다가 미소 짓고, 또다시 이야기를 주고받는단다.

이 이야기를 듣고 박장대소하며 공감했던 기억이 난다. 이 우스개 이야기는 '멀티'가 가능한 '여자'와 대체로 '수다'에 약한 성향인 '남자'의 성별 특징에서 오는 차이가 듣는 사람의 공감을 얻어 웃게 할 목적이었을 것이다.

가족, 이웃들과 소통하며 지내는 기쁨을 누리고 있는 지금 나에게 필요한 '배려'의 마음에 대해 생각해보면서 이 이야기가 새삼 떠올랐다.

웃음을 주기 위해 과장되게 표현되었을 뿐 이 이야기는 실제로 '늘 그러한' 진리나 법칙이 아니다. 이 과장된 이야기에서 보이는 여자 그룹, 남자 그룹은 둘 다 깊은 소통과 공감을 나누는 것이 불가능하다. 두 그룹 모두 '배려'하는 마음이 빠졌기 때문이다.

여자 그룹은 모두 힘든 가사노동에서 해방감을 주는 꿀 같은 '수다 타임'이 언제 끝날지 모른다는 생각에, 하고 싶은 이야기들을 열심히 쏟아내었으리라 추측해본다. 집안일 하러 복귀해야 한다는 조급한 마음에서 조금만 더 자유로울 수 있었더라면 서로의 이야기를 경청하면서, 깊이 공감하고 소통하는 만남이 되었을 것이라고 사심 가득하게 편을 들어 본다.

남자 그룹은 공통 관심사의 '어떤 주제'가 주어졌다면 열심히 이야기를 나누었을 것으로 추측해 본다. 이성에 관한 이야기든지, 자동차라든지, 직장 상사 이야기라든지…. 누군가 먼저 함께 모인 사람들의 어색한 마음을 읽고 대화의 주제만 찾아내어 던졌다면, 공감대를 형성하고 유쾌한 시간을 가질 수 있지 않았을까?

연인 남녀가 마주 앉은 그룹은 말하는 것도, 듣는 것도, 침묵도 어색하지 않다. 서로 눈을 맞추며 눈 속에 비친 행복한 나를 보면서 서로의 감정을 깊이 소통하고 공감한다. 속상한 일 있는지 들어주고 다독여준다. 기쁨을 주기 위해 재미있는 이야기를 들려준다. 행여나 피곤할까 봐 손잡고 카페에서 흘러나오는 음악을 조용히 함께 듣는다. 그만큼 서로에게 관심을 두고, 서로를 잘 알고 있기 때문일 것이다.

사람은 혼자 살 수 없다. 누군가와의 관계를 안 맺을 수가 없다. 그 관계들을 통해 상처도 받고, 치유도 받는다. 말랑말랑하던 아이의 발이 걸음마를 하면서 단단해지듯이 서로 상처를 주고받고, 치유도 주고받으면서 마음이 굳건해져 가는 것이 인생일 것이다.

'배려'란 도와주거나 보살펴 주려고 마음을 쓰는 것이다. 상대방의 처지에서 생각하는 '역지사지(易地思之)'의 마음과 상대방의 일에 깊이 공감하는 '동병상련(同病相憐)'의 마음이 바로 '배려'가 아닐까. 연인 남녀처럼 상대방을 향한 '사랑', '관심'이 '배려'가 아닐까.

나의 모데라토 인생 연주자는 나 자신이다. 나의 인생은 내가 살아가는 것이다. 그렇다고 '내 마음대로만' 연주한다면 어떤 청중에게도 공감을 줄 수 없을 것이다. 끝까지 독주만 하거나, 나의 연주만 돋보이려고 불협화음을 내는 협주는 청중의 공감은 차치하더라도 나 자신도 즐겁지 않을 것이다. 청중을 배려한 강약과 빠르기로 조절하는 독주, 아름다운 화음을 만들어내는 누군가와의 협주는 듣는 청중과 연주하는 나 자신에게 벅찬 기쁨과 깊은 감동을 줄 것이다.

조화롭게, 어우러져서 협주하기 위해서는 서로의 음 세기와 박자, 음색 등을 귀담아들어야 한다. 조화롭게, 어우러져 살기 위해서는 나와 함께하는 내 가족, 이웃, 동료들의 마음과 필요에 배려를 담아야 할 것이다.

눈은 '마음의 창'이라는 표현은 많이 듣고 많이 쓴다. 입은 거짓을 말할 수 있어도 눈은 진실을 숨기기 어렵다는 뜻일 것이다. '마음의 창'인 우리의 눈은 마주하는 상대방을 향해 열려 있다. 그래서 보이는 대로 상대방을 쉽게 비난하고, 질책하고, 사랑에 빠지기도 한다. 조금만 더 가까이 다가가 그 상대방의 눈 안을 바라다보자. 그러면 비난하고, 질책하고, 사랑에 빠지기도 한 내 모습이 비칠 것이다.

누군가를 위한 '배려'는 결코 밑지는 장사, 일방적인 희생이 아니다.

내가 '역지사지'의 마음으로 바라보며 상대방을 이해하고 받아들이면, 그 사람도 나를 이해하려 하고 받아들이려 한다. 정확히 똑같은 양의 이해를 주고받는 것은 아니라고 하더라도 조금의 태도 변화를 기대할 수 있을 것이다. 최악의 경우로 상대방이 비록 나의 진심을 몰라준다 하더라도 상대방의 말과 행동에 나의 감정이 격해지는 것은 막을 수 있다. 그러니 '배려'한다고 해서 내가 잃을 것은 없다.

아이가 갓 태어났을 때 출산의 후유증과 반복되는 불침번의 고통으로 나의 심신은 만신창이었다. 나의 심신이 고단하니 남편의 마음이나 상황은 전혀 보이지 않았다. 매일 아프다고 남편에게 불평만 했고, 매번 걱정 어린 반응을 안 보인다고 또 불평했다.

음 이탈-작은 도전-을 통해 운동으로 조금씩 내 몸을 회복하면서 남편을 향한 '역지사지'의 마음도 회복했다.

'나만 힘든 것이 아니었을 텐데…. 여러 가지로 온 힘을 다해 같이 돕는데….'

'씩씩하게 웃으며 아이를 키우는 모습을 내가 보여주었으면 가장으로서 더 보람 느꼈을 텐데….'

'매일 아프다고만 하니 결혼해서 마누라 골병 들인 것 같아 괜히 미안한 마음 들었을 텐데….'

그때 내가 얼마나 남편을 배려하지 않고 내 생각대로만 독주했는가를 깨달았다. 이제 나는 한층 유해졌고, 이해하려고 노력한다. 그러니 남편도 나에게 활짝 연 마음으로 다가온다.

'배려'가 '배려'로 부메랑처럼 되돌아오는 참맛을 느껴보니 행복하다.

남편과 아들, 결혼으로 만난 양가 가족들, 이웃들, 친구들, 동료. 그리고 스쳐 지나가는 작은 만남들.

나에게 주어지는 귀한 만남에 작은 '배려'로 감사한 마음 돌려주며 살아야겠다.

불쑥불쑥 나도 모르게 나만 독주하려는 옛 연주 습성이 나타날지도 모른다. 그럼에도 불구하고 나는 완벽하지 않은 나 자신에게도 '배려'하면서 타인을 향한 '배려'를 키워갈 것이다.

본연으로 노래하다

'토마토'가 케첩이 되든, 주스가 되든 그 형태만 바뀌었을 뿐, '토마토'라는 본연의 재료 맛이 바뀐 것은 아니다. 사람들은 토마토의 맛을 느끼기 위해 케첩도, 주스도 산다.

'달걀'이 계란프라이가 되든, 삶은 달걀이 되든, 스크램블드에그가 되든 그 요리법만 바뀌었을 뿐, '달걀'이라는 본연의 재료 맛은 변하지 않는다. 다양한 풍미를 위해 요리법을 바꿀 뿐, 달걀을 먹는 것이다.

그렇다면 '본연의 나'는 누구일까?

아내로서의 '나', 엄마로서의 '나', 직장인으로서의 '나'도 맡은 역할과 위치만 다를 뿐, '나'라는 '본연의 나'는 변하지 않아야 한다.

우연한 음 이탈-작은 도전-을 통해 잊고 지냈던 '본연의 나'를 생각하기 시작했다.

나의 존재 가치 – 나는 부모님 두 분의 '사랑 결정체'다.

나의 엄마는 태중에 내가 생겼을 때 '아들'이라고 장담했다고 한다. 태몽도 여의주를 문 용꿈이었다고 하고, 집안에 출산을 도와주시던 산파도 틀림없는 아들이라고 이야기했다고 한다. 첫째 딸을 낳았으니 둘째는 틀림없는 아들일 것이라고 집안의 모든 어른은 장담했다.

나의 아버지는 3남 1녀 중 막내아들이었다. 큰집, 작은집 사촌들의 구성이 모두 '딸-아들-아들'이다. 그래서 믿고 싶은 대로 '억지 법칙'처럼 붙잡은 어른들의 생각이었는지 모른다. 나의 태명은 '개똥이'였다. 비교적 적은 몸무게로 태어난 첫째가 안쓰러웠던지 내가 배 속에 있을 때 엄마는 무척 많이 드셨다고 한다. 나는 4킬로 우량아 '딸'로 태어났다. 요즘은 딸을 출산하면 훨씬 귀한 대접을 받는데, 그때 나의 엄마는 마음 앓이를 제법 하셨나 보다.

지금은 3남매가 성인이 되어 각자의 삶을 사는 것을 보시면서 '왜 그렇게 그때는 둘째가 딸이어서 서운했는지 모르겠다, 딸이 둘이라서 참 좋다'고 하신다.

사춘기 시절 '언니는 딸이라 이쁨받고, 동생은 아들이라 이쁨받는데 나는 뭐야?'하는 피해의식에 사로잡혀 펑펑 우는 철없는 행동을 하기도 했지만, 나는 결코 '부모님께 실망을 안겨 준 둘째 딸'로서 살아가야 할 운명을 선택하지 않았다. 나의 존재 가치는 그 누구도 아닌 나 스스로가 매기는 것이다. 내가 선택하는 것이다.

나는 두 분의 '사랑 결정체'다. 사랑받기 위해 태어난 내가 '본연의 나'다. 팥을 심으면 팥이 나고, 콩을 심으면 콩이 나듯 사랑을 심어서 얻은 결실이니 나는 '사랑'을 갖고 태어났다.

타인을 향하던 내 눈을 나 자신에게 돌려 보니, 나이가 들수록 내 존재가 '사랑의 결정체'라는 사실을 망각한 채 소심하게, 자신을 비하하면서 살아왔음을 알게 되었다. 나는 존재한다는 자체만으로 가치 있다.

"너는 사랑받기 위해 태어났어!" 거울 속, 웃음을 되찾아가는 나에게 매일 조용히 속삭여준다.

나의 존재 이유 – 삶의 목적, 소명 〈빛, 소금〉

'생명이 붙어있으니 살아간다.'
'때가 되었으니 공부한다, 취업한다, 결혼한다.'

빽빽하게 짜인 내 인생의 시간표가 있다고 착각하고 살았다. 그저 그 시간표대로 살아가면 된다고 생각했다. 시간표의 어느 부분에서 잠시라도 지체하게 되면 불안, 초조했다. 꽉 짜인 시간표를 하나라도 놓치면 큰일이 날지도 모른다고 생각했다. 내가 내 인생을 살아가는 것이 아니고, 보이지 않는 짜인 스케줄에 따라 살아지는 것으로 생각했다.

자신과의 소통을 위해 스스로 말을 걸면서 나는 '내 삶의 목적, 내 존재 이유, 하나님이 나를 부르신 소명'에 대해 생각해보았다.

내 삶의 목적, 존재 이유, 소명은 '빛'으로 살아가는 것이다. 빛나게 살아가는 것이 '본연의 나'다.

빛에는 자연적인 빛인 태양도 있고, 달도 있다. 백열등이나 무드등 같은 인공적인 빛도 있다.

태양과 달, 백열등과 무드등은 모두 빛의 밝기 정도가 다르지만, '빛'이라는 '본연의 존재'는 같다.

태양이 더 밝다고 해서 달보다 더 소중한 것이 아니다. 백열등이 밝다고 해서 깊은 밤, 모유 수유를 해야 하거나 화장실을 갈 때마다 백열등을 켠다면 눈이 부셔서 매일의 삶이 피곤할 것이다.

밝기의 세기에 따라 빛의 기여도, 중요도를 순위 매길 수 없다. 다만 '소용에 맞는' 세기의 빛이냐가 중요하다. '본연의 나'가 어떤 세기의 빛이든 중요하지 않다. 다만 어떻게 하면 '소용 있게, 가치 있게' 빛나느냐가 중요하다.

지금 나는 '아내', '엄마', '직장인'으로서 내가 낼 수 있는 세기의 빛으로 성실히 비추며 살아가면 된다. 친구로서, 이웃으로서, 동료로서도 내가 낼 수 있는 세기로 성실히 빛내며 살아가면 된다. 반드시 나는 '가장 빛나는 태양이어야 한다'는 욕심 또는 부담을 내려놓아야 한다. 그래야 빛인 본연의 나 자신의 삶을 기쁘고 즐겁게 살아갈 수 있다.

또 하나의 목적, 존재 이유, 소명은 '짠맛을 잃지 않은 소금'으로 살아가는 것이다. 소금의 '본연의 맛'은 '짠맛'이다. 그래서 밍밍한 음식의 맛을 내고, 상하지 않도록 보존해준다.

누구에게나 '본연의 맛'이 있다. 이것은 '타고난 기질, 성향, 개성' 같은 특징이라고 나는 생각한다.

'본연의 맛'은 '얼마나 그 맛을 많이 내느냐'에 따라 가치를 매길 수 없다. 이 또한 최고로 맛있을 정도로만 내면 된다.

소금이 맛을 낸다고 해서 과도하게 많이 넣으면 너무 짜서 누구도 먹을 수가 없게 되듯, 나의 기질, 성향, 개성도 내 인생이 최고의 맛을 낼 만큼만 사용하면 된다.

이것저것 향신료나 갖은 소스로 맛을 낸 요리는 처음에는 새로운 맛으로 다가와 미각을 자극하겠지만, 얼마 안 지나 그 자극에 물리게 된다. 결국은 재료 본연의 맛을 살린 요리를 찾게 되듯, 나도 '본연의 나'로 살아갈 때 가장 어울리는 삶을 살게 될 것이다.

누군가를 사랑할 때에도 본연의 모습, 있는 그대로의 모습을 받아들이는 것이야말로 질리지 않고 끝까지 갈 수 있는 진정한 사랑일 것이다.

내가 아내, 엄마, 직장인, 친구, 이웃, 동료 등 어떤 음표를 만나든 간에 과장되게 꾸밀 필요 없이 본연의 내 모습대로 나의 모데라토 인생을 연주한다면 최고로 가치 있고, 최고로 감동 있는 연주가 되지 않을까?

열정으로 노래하다

고단한 하루 일을 마치고 딱 기분 좋을 만큼 따뜻한 목욕물로 채워진 욕조에 들어가면 온몸 구석구석 쌓였던 묵은 피로가 풀리고, 경직된 근육들이 말랑말랑해지듯 마음도 느긋하게 이완된다.

그러나 시간이 조금만 지나고 나면 따뜻하던 욕조의 물이 차갑게 느껴지고 다시 몸에 힘이 들어간다. 이때 필요한 것은 식어버린 물의 온도를 다시 끌어올려 줄 얼마간의 '뜨거운 물'이다.

갓 태어난 아기의 흐릿한 눈이 또렷해지면서 세상에 보이는 모든 것들은 새롭고 신기한 것투성이였듯, 우리에게 처음부터 익숙한 일상의 것들은 하나도 없다.

대학 진학, 연애, 직장, 결혼, 출산…….

이 모든 것들이 처음 내게 주어졌을 때 얼마나 기뻐하고 감사하며 받아들였던가? 지금은 일상이 되어 '당연한' 무언가로서 내가 누리고 있는 것들이 처음 나에게 주어졌을 때를 떠올려 보면, 모두 새롭고 신기하고 가슴 뛰게 하는 것들이었다. 분명 기쁨과 감사로 넘쳤던 것들이다.

스쿨버스, 군데군데 있던 학생식당, 다 가보지도 못하고 졸업한 많은 건물, 무엇보다도 전적으로 주어졌던 크나큰 자유. 이 모든 것이 새롭고 신기하던 대학교 새내기 시절 1년이 지나고 나니, 어느새 모든 것이 익숙해져 있었다. 연애 초반의 설렘, 신혼의 기쁨은 어느새 '식구'라는 소속감으로 익숙해져 버렸다. 기쁘고 감사하게 들어간 직장에서 열정적으로 일하던 신입의 마음은 '오늘도 무사히'라는 소극적인 마음으로 변해 있었다. 뜨거웠던 물이 식어버리듯 내게 주어진 특별했던 것들이 일상이 되어버린 것이다.

싫증이 난 일상, 꺼져가는 삶의 의욕을 다시 끌어올리려면 식어버린 목욕물에 '뜨거운 물'을 부어주듯 '뜨거운 열정'을 다시 부어주면 된다. 우연한 음 이탈-작은 도전-을 통해 나는 싫증이 난 내 일상에 뜨거운 열정을 보충할 수 있었다.

'하고 싶은 것'에 마음을 다하면 '열정'이고, '해야 하는 것'에 마음을 다하면 그저 '열심'일 뿐이다.

'열심'으로 '해야 할 것'을 하다 보면 '일'에 '내'가 쫓겨 가는 기분이 들 때가 있다. 인생의 주객이 전도되는 것이다. '열심'히 했으나 '해야 할 목표'대로 달성하지 못하면 자기 무능감에 빠지거나, 높은 목표를 부여한 대상(상사, 부모 등)에 대한 불만이 생긴다. 그러면 '열심'히 하려는 자세마저 포기하게 되는 악순환에 빠지기 쉽다.

'열정'으로 '하고 싶은 것'을 하다 보면 성취감이 생긴다. '열정'으로 했으나 '하고 싶은 목표'대로 달성하지 못하면 다른 방법을 구상하거나, 목표를 수정한다. '열정'은 다시 자발성과 성취감을 느끼게 하는 선순환을 하게 된다.

나는 어느 분야에서 '최고가 되기 위한 노력'을 '열정'이라고 말하고 싶지 않다. 내가 '행복하게 즐기기 위한 노력'을 '열정'이라고 말하고 싶다. 최고가 되려고 노력하다가 최고가 되지 못하면 의지는 금세 식어버리고 자신에게 실망만 하게 된다. 그러나 행복하게 즐기기 위해 노력하면 집중할 때와 쉴 때를 알아서 조율하면서 끝까지 모데라토 인생을 아름답게 완주할 수 있다.

붉고 화려한 장미꽃만 '열정'적으로 살 수 있는 것은 아니다. 장미꽃을 돋보이게 받쳐주는 안개꽃도 '열정'적으로 살 수 있다. 연극 시나리오의 어떤 역할이든, 오케스트라의 어떤 악기 연주든 간에 주어진 것을 '어떻게 대하느냐, 어떻게 해내느냐' 하는 마음가짐, 자세에 따라 '열정적이다, 아니다'를 구별할 수 있다. 나의 삶이 장미꽃이든 안개꽃이든, 나는 주어진 내 삶 가운데 내가 행복하고 즐길 수 있는 것을 찾아내어 '열정'적으로 살고 싶다.

밤하늘 위로 솟아올라 오색찬란하게 흩뿌려지는 불꽃을 보면 누구나 그 아름다움에 감탄한다. 나는 불꽃처럼 살고 싶다. 불꽃의 화려함을 본받고 싶다는 뜻이 아니다. 어두운 밤하늘을 밝히기 위해 심지가 타들어 가고, 계획된 발색을 위해 자신을 불태우는 불꽃의 '열정'을 본받고 싶다.

언젠가 TV 프로그램에서 신기한 실험을 보았다. '밥 배 따로, 후식 배 따로'라는 말이 사실인지를 알아보는 실험이었다. 실험에 참여한 연예인들에게 하루를 굶게 한 뒤, 좋아하는 음식으로 원하는 만큼 먹게 했다. 특수 실험액을 통해 참가자들의 위(胃) 내부가 꽉 찬 것을 보여주었다. 더는 음식이 들어갈 자리가 없다던 실험 참가자들에게, 미리 조사해둔 '기호 후식'을 보여주었다. 눈앞에 믿어지지 않는 광경이 펼쳐졌다. 그저 눈으로 좋아하는 후식을 보는 것만으로 위(胃)는 빈틈없이 가득 채워진 음식물을 아래로 꾹꾹 누르며 '기호 후식'을 받아들일 공간을 만들어 내고 있었다.

우리의 밥그릇(위(胃))만 그런 것이 아니다. 우리의 마음 그릇도 마찬가지다.

해야 할 일들을 처리하느라 피곤하고 지쳐서 쉬고 싶은 마음이더라도, 좋아하는 것을 생각만 해도 쉬고 싶은 마음을 꾹꾹 눌러 '하려는 마음'을 만들어 내고, '할 수 있는 에너지'를 만들어 낸다.

낮에는 직장에서 일하고 밤에는 못다 한 공부를 하는 사람들, 힘든 하루 일을 마치고 글을 쓰는 사람. 온종일 고객들과 상담하고 저녁에는 친구들과 수다 떠는 사람들…. 좋아하는 것을 하려고 하는 모든 마음이 '열정'이다. 가슴 뛰는 일을 생각하는 것만으로도 '하려는 마음 (열정)'을 일으킨다.

'열정'은 이렇게 누구에게나 똑같이 주어지는 24시간을 늘어났다가 줄어났다가 하는 '스판덱스'로 만드는 무언가다. 마르지 않는 샘처럼 '지치지 않는 에너지'의 원천이다.

일상의 모든 것이 물리고 재미없다면, 그 가운데 내가 가슴 뛰게 할 만한 것을 찾으면 된다. 반드시 어떤 한 가지만 선택할 필요는 없다. 무엇이 되었든 간에 감흥을 잃은 심장이 다시 뛸 수 있다면 시도하면 된다.

시도해보고 이것이 아니다 싶으면 과감하게 멈추는 시도를 하면 된다. 그리고 또다시 다른 것을 해 보면 된다. 한 가지를 여러 방법으로 시도해 보아도 되고, 아예 다른 여러 가지를 시도해도 된다. 인생에 정답은 없다.

진로선택을 이론서적만으로 결정하기는 쉽지 않다. 이것저것 시도하다 보면 가장 심장 뛰는 일을 발견할 수 있다. 심장 뛰는 일을 찾았다면 그것에 열정을 쏟으면 된다.

오늘날에는 정년이 보장되는 직업이 거의 없다. 보장된다 하더라도 '100세 시대'로 수명이 길어져 누구나 '제2의 인생'을 열어야 한다. 따라서 진로(삶의 방향)를 탐색하고 인생행로(나아갈 길)를 만드는 일은 현재 나이와 상관없이 지속해서 이루어져야 할 것이다.

한 우물만 파는 시대는 끝났다. 열 개고, 스무 개고 파고 싶은 대로 파 보자. 우리의 잠재력은 '하나'가 아니다. 무한하다. 타고난 나의 재능이 무엇인지 발굴해 내지 못하면 죽을 때까지 그 재능은 써보지 못한다. 무엇이든 하고 싶은 마음이 생기면 해 보자. 제2의 진로 탐색을 위한 경험들에 열린 마음으로 다가가 보자.

베레카가 전하는 일상변주곡
"자연의 속삭임"

파도가 속삭입니다.

난 매번 같은 곳을 같은 방법으로

철썩거리고 있는 게 아니라고…….

바다가 속삭입니다.

난 나의 덩실춤을 함께 추며

까르르 웃는 네가 좋다고…….

햇살이 속삭입니다.

난 나로 인해 빛날 수밖에 없는

은모래, 은빛 바다, 네 얼굴을 보면

눈부시게 기분 좋아진다고…….

시간의 태엽을 천천히 감아두고
자연을 맘껏 누릴 수 있어서
참 감사합니다.

돌아갈 일상이 있어서
해야 할 일이 있어서
휴식이 더 달고 맛나서
참 감사합니다.

언제부턴가 휴식이라는 단어가 아무것도 하지 않는 상태라는 느낌
이 들었다. 잠을 자거나, TV 앞에서 리모컨을 만지작거리는 등 집 안
에 누워 축 늘어져 있는 모습. 그래서 휴식이 끝나면 더 많이 피곤하
고, 더 많이 힘들었던 것 같다.

사람의 소리, 자동차의 소리, 세상 돌아가는 소리…….

가끔은 이런 소리에서 벗어나 자연의 소리를 듣고 싶다. 바람이 불
어오는 소리, 새들이 지저귀는 소리, 햇볕이 쏟아지는 소리, 구름이
흘러가는 소리…….

휴식은 몸을 가만히 두는 것이 아니라, 마음을 출렁이게 하는 것.

그래서 언제나 귀를 열기만 하면 충분히 쉴 수 있으리라 믿는다.

제5악장
워킹맘의 네버엔딩 인생변주곡

작은 도전이
평범한 일상에 생기를 준다

굳이 어떤 도전을 하지 않아도, 아무런 변화가 없어도 우리에게 주어지는 하루하루의 시간은 흘러간다. 우리의 일상은 그럭저럭 살아진다. 아무런 작위적인 시도를 하지 않아도 그 누구도 강요하지 않는다. 각자의 인생은 각자의 몫이므로….

나는 뛰어나게 특별한 일상을 원하지 않는다. 지금껏 그러했듯이 그저 평범한 모데라토 인생을 살아가기 원한다. 그러나 '목숨이 붙어 있으니 살아가는 것'처럼 무기력하게 살고 싶지는 않다. 그저 소소한 기쁨을 찾아가며 생기 있게 '내가 내 인생을 의지적으로 살아가는' 주체라는 것을 인지하고 살고 싶다.

'도, 레, 미, 파, 솔, 라, 시, 도'.

피아노의 하얀 건반 치기를 배운 아이가 있었다. 그 아이는 열심히, 누가 봐도 성실히 건반 치기를 연습했다. "도미솔, 도미솔, 라라라솔,

파파파, 미미미, 레레레도" 며칠 동안 반복해서 피아노 하얀 건반을 치던 아이는 점점 피아노 치기가 따분해졌다.

그러다 아이는 우연히 하얀 건반 사이사이에 짤막한 검은색 건반을 발견하고 눌러본다.

"도, #도, 레, #레, 미, 파, #파…." 아이는 우연한 도전에 반음씩 올라가는 신기한 발견을 하고 즐거워한다. 검은 은반으로 반음 올리고, 내리는 것도 자유자재로 할 수 있게 된 아이는 또 며칠 지나 피아노 치기가 싫증이 났다.

그러다 우연히 왼쪽으로 몇 개의 똑같은 '도레미파솔라시도' 음계가 있다는 사실, 오른쪽으로도 몇 개의 똑같은 음계가 있다는 사실을 발견하고 눌러본다. 같은 "도"지만 낮고 깊은 울림이 있는 "도", 가늘고 높은 "도"로 들리는 소리가 다르다는 사실을 발견하고 즐거워한다.

여러 음계를 알고 난 아이는 양손으로 몇 개의 음을 함께 눌러 화성을 만들어본다. 이제 아이는 원하는 박자에, 원하는 화성으로 피아노 연주를 한다. 어제와 변함없는 피아노를 자기가 원하는 곡으로 연주한다. 아이의 연주는 물리지 않는다. 매일의 느낌대로, 매일의 연주가 새롭다….

우리의 일상도 어쩌면 이 아이의 '피아노 치기'와 같은 것일지 모른다. 처음 입학한 학교생활이 신기해 두 눈이 반짝반짝했던 어제를 잊고, 반복되는 시간표로 싫증 나 버린다. 연애할 때의 달콤했던 시간을 잊고, 반복되는 결혼생활에 무뎌져 간다. 임신, 출산했을 때의 기쁨과 신기함은 잊고, 반복되는 육아에 지쳐간다. 첫 출근에 감사함은 잊고, 잦은 야근과 구내식당 메뉴로 불평하기 시작한다.

우리의 일상을 식상에 빠지지 않기 위해 지나치게 큰 변화를 시도하거나 큰 도전을 할 필요는 없다. 그저 눈에 보이는 검은 건반을 눌러 보는 '작은 도전'만 있으면 된다. 우리 일상의 좌, 우를 살펴보는 '작은 도전'만 있으면 된다.

언젠가는 아이가 새로운 악기 드럼, 기타, 신시사이저 연주를 시도할지 모르지만, 처음부터 다른 악기 연주를 시도한 것이 아니다. 어제와 변함없는 피아노로 자기가 원하는 대로 연주하면서 매일 새로움을 경험했던 것처럼 지금 나의 일상 가운데 작은 변화 거리를 찾아 시도하면 된다. 눈에 보이는 검은 건반을 눌러보는 정도의 작은 노력, 작은 시도면 된다. 그런 작은 노력, 작은 시도가 일상에 새로움, 생기를 준다.

내가 할 수 있을 것 같으면 그저 해 보면 된다. 내가 할 수 있을지 잘 모르겠어도 그저 해 보면 된다. 작은 도전을 할 때는 그저 스스로 웃어 줄 마음의 준비만 하면 된다. 원하던 결과가 나오든 그렇지 않든 이 작은 도전을 하는 목적은 '나의 평범한 일상에 생기를 주기 위한 것'임을 기억한다면 결과에 상관없이 도전하는 과정에서 웃을 수 있을 것이다.

나는 요리를 잘하지 못한다. 계란국, 어묵국, 뭇국을 끓여도 늘 같은 맛이 났다. 분명 주재료가 다름에도 불구하고 밍밍하게 같은 맛이 났다. 국 끓이는 것이 하기 싫은 노동 같은 일상 일이 되었고, 국 없이 밥상을 차리는 날이 많아졌다. 푹푹 찌는 여름에는 국 없이도 잘 넘어가는데, 쌀쌀하게 추워지면 국물이 생각날 수밖에 없었다. 그래서 몇 가지 눈에 보이는 레시피를 뽑아 시도해보았다. 레시피에 나오는 간장, 소금의 양을 보고 여태껏 나의 국 간이 얼마나 부족했는지, 왜 늘 같은 맛이었는지 알 수 있었다.

월등한 맛을 내는 국물 요리는 여전히 못 하지만, 이런저런 요리법으로 시도한다는 것 자체가 나에게는 '요리'를 하기 싫은 '노동'이 아닌 맛을 만드는 '창작활동' 정도의 호기심으로 반올림해 주었다.

눈앞에 보이는 책이 있다면 그저 들고 읽으면 된다. 읽다 보면 언제 어떤 글귀가 내 심장을 두드릴지 모를 일이다. 어떤 책이 나의 삶에 동기를 유발할지 모를 일이다. 읽다 보면 또 무언가 작은 도전 거리가 생겨날지 모를 일이다.

일기를 쓰고 싶다면 그저 쓰면 된다. 쓰다 보면 하루 동안의 내 감정이 정리되고, 새로운 내일을 맞이할 준비를 할 수 있게 된다. 준비 없이 손님을 맞이한다면 얼마나 당황스러운가. 쓸고 닦고 청소한 후 맛난 음식을 준비하고 손님을 맞이하면 더없이 그 시간이 행복하듯,

일기를 쓰며 나의 감정을 정리하고 오늘 하루에 마침표를 찍는 것은 내게 올 귀한 손님인 '내일'을 맞이할 준비를 하는 것이다.

'운동해야 하는데….' 하는 마음이 생기면 마음을 따라 그저 몸을 움직이면 된다. 당장 수영, 헬스를 끊어야 한다고 생각에 생각을 얹지 말고, 몸이 찌뿌둥하다면 그저 '스트레칭'하면 된다. '작은 도전'은 생각에 그치지 않고 그 생각대로 '실천'하는 것이다.

우연한 기회에 관심 두던 분야의 강의 소식을 듣게 되면 망설이지 말고 신청해서 들으면 된다. 나에게 부모교육, 글쓰기 강의가 그러했듯이 강의를 들으면서 작은 도전 거리를 찾을 수 있다.

강물은 가만히 두어도 바다로 흘러가듯 우리의 일상도 가만히 흘러간다. 그냥 흐르는 대로 흘러가면서 보이는 것만 보고, 닿는 곳에 머물렀다가 다시 또 흐르는 대로 흘러갈 것인지, 이왕이면 내가 노를 저으면서 보고 싶은 것 보고, 머물고 싶은 곳에서 머물다 갈 것인지는 나의 선택사항이다.

여건과 환경이 되면 거창한 변화, 거창한 도전을 하겠노라고 백 번 다짐하는 것은 소용없다. 바라는 원대한 변화와 도전에 맞는 완벽한 여건과 환경은 주어지지 않는 허상이다.

욕심 없이, 복잡한 생각 없이 그저 작은 시도, 작은 도전을 '해 보라'. 시들시들한 꽃에 필요한 물은 넘치는 양의 강물이 아니다. 꽃이 감당할 만큼, 한 컵의 물만 부어지면 생기를 회복할 수 있다.

작은 도전이 생각을 바꾸고, 습관을 바꾸고, 인생을 바꾼다

어떤 일이든 처음이 어렵다. 망설이고 주저하다가 딱 한 번만 해 보면 두 번, 세 번 하는 것은 그리 어렵지 않다. 일상에서의 작은 도전 도 처음 시도가 어렵지 한번 해 보면 그다음부터는 쉽다.

지금 이대로의 내 모습, 내 삶이 싫지는 않지만 그래도 조금 더 의 미 있게, 가치 있게, 보람 있게 살고 싶다는 건설적인 생각이 든다면 그때가 바로 '작은 도전'을 시작해 볼 때다.

앞에서도 말했지만, 우리의 일상을 반올림하기에는 큰 도전이 필 요하지 않다. 그저 내가 쉽게 접근할 수 있는 무언가를 '하면' 된다. 그 것이 과거 한 번쯤 해봤던 취미든 관심만 두고 있던 운동이든 전혀 시 도해보지 않았던 무언가든 상관없다. 내가 '한번 해 볼까?'하는 마음 이 생기는 것이면 다 좋다.

나의 일상을 반올림해준 몇 가지의 '작은 도전'은 좋은 부모가 되어

보려고 신청한 강의 참석, 다른 사람들의 삶을 들여다보기 위한 블로그와 독서, 마음대로 그림 그리는 낙서와 그림에 곁들일 목적에서 출발한 글쓰기, 요가와 필라테스 운동 정도다. 누구나 지금 당장 시작할 수 있는 것들이다.

아이를 낳고 키우는 지금의 내가 가장 큰 관심을 두는 분야는 역시 '좋은 부모'가 되는 것이었고, 그런 강의가 있어 마우스로 '클릭' 한 번 했던 것이 육아를 '숙제, 책임'으로 여기던 내 생각을 '행복, 권리'로 바꿔주었다. 내가 놓치고 살아왔던 한 가지, '내가 행복하면 아이도 행복하게 자란다.'는 것을 깨우침으로써 내 아이의 주 양육자인 나 자신을 돌아보게 되었고, 나의 일상에 생기를 줄 만한 것들을 찾아가게 되었다.

나의 첫 '작은 도전'은 다른 사람들의 삶을 들여다보기 위한 블로그와 독서로 이어졌고, 내가 직접 경험하지 못할 인생의 여러 가지 경우의 수를 간접적으로 경험하면서 내가 얼마나 편협한 경험, 편협한 생각을 하고 살았는지 되돌아볼 수 있었다.

인생에 있어서 마주하게 되는 '경우의 수'는 한없이 많고 다양하지만, 그것들을 대하는 삶의 자세는 '긍정, 부정, 무시' 3가지 정도로 나뉜다. 닥친 상황을 있는 그대로 받아들이고 어떻게 대처해나갈지 생각하는 자세가 '긍정'이다. 닥친 상황을 받아들이지 못하고 불평하고 원망하기만 하는 자세가 '부정'이다. 닥친 상황을 어떻게 해서든지 덮어두려 하고, 잊으려 하고, 다른 상황에 집착하는 자세가 '무시'다.

불평하고 원망하거나, 덮어두고 잊으려 한다고 해서 나에게 닥친 상황이 사라지거나 해결되지 않는다. 그러니 있는 그대로 받아들이고 어떻게 해결해나갈지에 집중하는 '긍정'의 자세를 가져야겠다는 생각을 하게 되었다.

'긍정'의 자세로 인생을 살아갈 수 있는 가장 빠른 지름길은 '감사'였다. 나에게 닥친 상황 있는 그대로를 '감사'로 받아들일 수 있다면 '긍정'의 자세는 무조건 따라오게 되어 있다. '감사'도 연습하면 할수록 더 깊은 감사로 성숙해서, '습관'이 될 수 있다는 믿음이 생겼다.

이제 나는 매일 아침 욕실 거울을 보며 감사한다. 새로운 오늘을 주신 것에, 새로운 경험을 주실 것에…. 매일 밤 잠자리에 들기 전 감사한다. 오늘도 다치지 않고 귀가한 것에, 해야 할 일이 있음에, 새로운 내일을 주실 것에…. 오지 않은 내일의 상황이 나의 감사 내용과 다를지 모르지만 나는 습관처럼 감사하기로 한다.

마음이 우울하거나 복잡할 때면 연필이든 펜이든 눈에 보이는 대로 낙서를 하곤 했다. 웃는 곰, 웃는 토끼, 웃는 고양이를 몇 마리 그리다 보면 내 입가에도 웃음이 조금 피어났다. 평소 낙서를 좋아하던 나는 백상지 노트와 12색 색연필을 장만했다. 일상 속의 에피소드, 여섯 살 아들의 어록, 책 속의 장면 등 나의 마음을 두드린 상황들을 그리는 '작은 시도'를 했다. 그냥 흘러가 버렸을 일상의 장면들이 고스란히 나만의 그림책이 되어 언제든지 그 추억의 시간, 웃음, 감동을 불러올 수 있게 되었다.

마음대로 낙서한 내 그림에 끄적끄적 글을 썼다. 그것이 나의 작은 도전 '글쓰기'의 시작이었다. 그러다가 매일 나의 일상을 적기 시작했고, 학창시절처럼 일기 쓰기가 행복해졌다. '글쓰기'에 본격 관심을 가지려 할 즈음 '글쓰기 강의' 소식을 접했고 홀린 듯 신청했다. '작은 도전'은 분명 또 다른 '도전'을 데리고 온다.

지금 나는 매일 글을 쓴다. 나의 일상을 기록하고 나의 감정을 글로 다독인다. '글쓰기는 나의 일상에 가치를 부여하는 것이고 나를 성찰하는 행위다.'라고 강조하셨던 강사님의 말씀이 무엇인지 이제 조금 알 것 같다. 다시 돌아오지 않을 나의 오늘, 단 한 번뿐인 나의 오늘, 수없이 과거로 그냥 흘려보내 버린 나의 오늘들에 미안하다. 덮어두고 잊으려 했던 기쁘고, 슬프고, 우울하고, 화났던 하루하루의 내 감정들을 다독여주지 못한 것도 미안하다.

'작은 도전'으로서의 '글쓰기'가 매일의 '작은 습관'이 되기 전까지 나는 '글쓰기'란 재능 있는 특정 부류 사람들에게 한정되는 특기, 장기로 생각했었다. 누구나 자고, 생각하고, 말하듯이 누구나 글을 쓸 수 있다는 것을 이제 알게 되었다. '글쓰기는 특기, 장기'라는 내 생각이 사람이라면 누구나 할 수 있는 '표현의 본능'이라는 생각으로 바뀌었다.

나는 오늘도 일상의 틈틈이 글을 쓴다. 글을 쓰다 보면 나의 머릿속 생각이 정리되는 경험도 할 수 있다. '긍정'적인 자세로 '감사'를 훈련해가던 최근의 어느 날 아침, 별것 아닌 일로 부부싸움을 한 나는 갑갑하고 화난 채 출근했었다. 도저히 일에 집중할 수 없었던 나는 노트를 꺼내 그저 '내가 어떻게 하면 좋을까'라고 적고 천천히 물음표를 적어갔다. 천천히 채워져 가는 물음표들에 흥분해 있던 나의 머릿속 생각도 천천히 속도를 줄였다. 시간이 흘러가면서 어느새 '그래, 네 생각은 ~지. 그럼 ~게 해야겠지….'라는 방법을 적어 내려가고 있었다.

그냥 상황을 있는 그대로 쓰면 된다. 나의 마음을 그대로 쓰면 된다. 나 자신과 대화하듯 쓰면 된다. 나 자신은 누구보다 내가 더 잘 안다. 나에게 말 걸듯 글을 쓰다 보면 어느새 해결책을, 정답을 적고 있는 자신을 발견하게 된다. 글을 쓰고 나면 실컷 수다를 푼 듯 해소감을 느낀다. 사우나를 한 듯 개운함이 있다. 나 자신을 좀 더 깊이 알게 되는 희열이 있다. 끊을 수 없는 중독을 맛본다.

몇 번의 '작은 도전' 경험은 또 다른 '작은 도전'에 있어서의 두려움을 없애주었다. 점점 '익숙한 것'만 시도하는 것이 아니라 '낯선 것'에도 시선을 돌리게 했고, 도전하게 해주어 경험의 지경을 넓혀 주었다.

내가 해 본 운동이라고는 수영, 헬스가 전부다. 그것도 미혼일 때 잠시…. 스스로가 몸치, '뻣뻣녀'라 단정 짓고 요가나 필라테스 같은 유연성과 관련된 운동은 관심도 두지 않았다. 그랬던 내가 요가와 필라테스에 도전하게 된 것은 몇 번의 '작은 도전' 실천 경험 덕분이다.

두 운동은 모두 복식호흡을 하며 반복적인 스트레칭으로 몸의 경직된 근육을 이완하고, 안 쓰던 근육을 쓰는 운동이었다. 숨차게 걷거나 뛰지 않았는데 두 시간 스트레칭을 하고 나면 등줄기에 땀이 주르르 흐르고 온몸이 안 떨리는 곳이 없었다. 뻐근하던 등, 어깨, 종아리 뒤쪽이 자고 나니 개운해졌다. 안 쓰던 근육들이 딱딱하게 굳어가던 나의 몸이 말랑말랑 유연해졌다.

요가와 필라테스 운동이라는 '작은 도전'을 해 보니 그동안 버려두다시피 무관심했던 내 몸에 미안한 마음이 들었다. 내 몸을 위해 하나도 정성 들이지 않고 계속 아프고 찌뿌둥하다고 타박만 한 것 같았다.

훨씬 가벼워진 몸으로 아침을 맞으니 밝고 활기차게 하루를 열 수 있었다.

거창한 의지의 도전이, 눈에 띄게 큰 습관을 바꾸고, 누구나 감탄할 인생 역전이 펼쳐지는 때도 있을 것이다. 그러나 나는 모데라토 일상을 반올림할 정도의 변화를 위한 작은 도전 한 번이면 충분하다고 이야기하고 싶다. 작은 도전 한 번이 작은 습관을 만들어 주고, 변함없는 일상에 작은 변화를 가져다줄 것이다.

가랑비도 계속 맞고 있으면 옷이 흠뻑 다 젖어버리듯 어렵지 않은 작은 도전도 계속하다 보면 도전의 분야가 넓어지고, 변화의 영역도 커질 것이다.

작은 도전이
소통의 길을 열어준다

나는 옆 사람의 보폭에 맞추어 걸어가는 '모데라토(보통 빠르기로) 인생'을 사랑한다. 함께 눈을 맞추고 손을 잡고 어깨를 나란히 하고 걸어가는 것이 좋다.

나의 대학 시절, 잠시 '삐삐'라는 것과 '시티폰'이 유행했다. 모임 시간과 장소 공지는 대학교 정문 앞, 서점 담벼락에 포스트잇 같은 메모로 하다가 '삐삐'가 보급된 뒤로는 '삐삐'를 통해 음성 메시지를 남기고 공중전화로 뛰어가 확인하던 설렘이 있었다. 삐삐 음성 메시지 확인을 위해 공중전화부스는 늘 줄이 가득하였는데, 누군가가 '시티폰'이라는 새 도구를 이용해 공중전화부스 근처에서 음성 메시지를 확인

하는 것은 신선한 충격이었다.

어느새 휴대전화가 보급되었고, 서점 옆 담벼락에 붙어 있던 알록달록 메모는 우리의 추억 속에서만 여전히 바람에 살랑이고 있다.

누구나 하나쯤 휴대전화를 가지고 있는 요즘은 부모-자식 간에도, 친구 간에도 모이면 몇 마디 말을 주고받고는 각자 스마트폰을 꺼내 각자의 세계로 빠져드는 모습을 많이 본다. 몸은 같이 있으나 마음은 전화기 너머 각자 다른 공간에 가 있는 것이다.

공익광고에서 보았던가, 우리의 일상에서 중요한 시간에는 스마트폰을 잠시 꺼두는 것이 필요하다.

핸드폰으로 많은 것을 해결하는 생활이 이미 친숙해져 버린 우리 세대에게 '스마트폰 꺼두기'는 '작은 도전' 거리가 되어버렸다. 핸드폰을 두고 온 날에는 왠지 그날따라 중요한 메시지가 와 있을 것만 같은 생각에 불안·초조한 중독증세가 있지 않은가? 옆에 있는 소중한 사람들과 눈을 맞추고 대화한 마지막 시간이 언제인지 묻는 물음에 바로 대답할 수 있는가?

스마트폰을 열 번 쳐다볼 동안 아이의 눈을 몇 번 바라봐 주고, 몇 번 웃어 주었나? 바빠서 아이와 대화할 시간, 놀아줄 시간이 없다는 것은 구차한 변명이다. 아이와의 소통을 위해 '잠시 스마트폰 꺼두기'라는 작은 도전을 해보자. 아침 식사시간, 퇴근 후 아이가 잠자리 들기 전 시간 잠시라도 아이에게만 집중할 수 있다면 소통의 길이 열릴 것이다.

가족, 친구, 이웃과의 소통은 그 어떤 '문명의 수단'보다 직접 함께 대화하고 바라보는 '본연의 소통 수단'이 가장 효과적이다.

스마트폰이나 컴퓨터 같은 문명이 '중독'과 같은 부작용도 있지만, 주인의식을 갖고 사용한다면 우리에게 가져다주는 혜택도 많다. 수많은 정보 가운데 내가 필요로 하던 정보를 한자리에서 손쉽게 찾을 수 있고, 전 세계 어디에 가든지 실시간 뉴스를 들을 수 있고, 언제든지 원하는 사람과 연락이 닿을 수 있다. 과학 발달로 우리는 시·공간의 제약에서 많은 해방을 누리게 되었다. 그만큼 다방면에서의 기회도 확대되었다.

대학에서 비슷한 취미나 관심사로 모이던 '동아리' 활동은 그 대학교, 그 시기라는 시·공간의 제약이 있었지만, 요즘은 온라인 '밴드', '블로그', '카페', '카카오스토리' 등 다양한 온라인 커뮤니티가 발달하여 시·공간의 제약 없이 소통의 기회가 열려 있다.

나와 관심사가 같은 사람들을 만나 함께 이야기 하고 싶고, 삶을 나누고 싶지만, 현실에서 마땅한 기회가 없다면, 누군가의 초대 없이 선뜻 모임의 문을 두드릴 용기가 나지 않는다면 먼저 온라인 커뮤니티 가입이라는 '작은 도전'을 해 보라. 손으로 마우스 몇 번 두드리면 승인절차에 따라 가입이 되고, 인사 글 남기는 것이 소통의 첫걸음이다.

오프라인 모임도 마찬가지지만 온라인 커뮤니티도 내가 얼마나 마음을 열고 다가가느냐에 따라, 얼마나 누군가의 글에 호응하는지에 따라 느낄 수 있는 소속감, 유대감은 다르다. 온라인으로 소통하다 보면 오프라인 모임으로 이어지기도 한다. 그것은 다음 도전의 기회가 된다.

관심 가는 강연 소식이 들린다면 용기 내어 신청하고 현장으로 나아가는 작은 도전만 하면 된다. 강연은 강사의 삶과 메시지를 통해 내 삶의 과거와 현재를 돌아보며 자신과 소통할 기회를 준다. 우리의 인생은 예상치 못한 우연에서 필연을 만나기도 한다. 그저 신청하고 참석한 그 한 번의 강연이 어떻게 내 인생 경로를 바꿔놓을지 모를 일이다. 강연을 통해 비춰본 내 과거 속에서 잃어버린 꿈을 찾을 수도 있고 번뜩이는 아이디어를 찾을 수도 있다.

소통은 누군가를 나의 일상에 초대하는 것과 같다. 함께하는 것이다. 결코, 혼자만 행복하게 살 수 있는 인생은 없다. 아무리 값비싼 스테이크 고기도 그냥 고기만 구워냈을 때 맛나게 먹을 수 있는 사람은 없다. 올리브 오일과 와인, 양파와 아스파라거스, 통후추 같은 것들을 곁들였을 때 값비싼 스테이크 고기도 '훌륭한 요리'로 제빛을 발휘할 수 있다.

어릴 때 교회에서 크리스마스 공연을 위해 '핸드벨 연주'를 연습한 적이 있다. 또래 친구들과 일렬로 서서 〈고요한 밤 거룩한 밤〉이라는 캐럴 게이름에 맞춰 핸드 벨을 흔들어 소리를 내는 합주였다.

솔-라솔/미-/솔-라솔/미-/레-레/시-/도-도/솔-

라-라/도시라/솔라솔/미-/라-라/도-시라/솔라솔/미-

레-레/파-레시/도-/미-/도솔미/솔-파레/도

단 두 번 나오는 계이름 '파'를 "딱 두 번 나오는 거, 난 안 할 거야!"하
고 아무도 연주하지 않았다면 어땠을까? 아름다운 연주가 되었을까?

우리는 각자의 '음'을 갖고 각자의 모데라토 인생을 살아간다. 악보
에 따라 쓰이는 음이 다르듯, 우리 인생에서도 각자의 쓰임이 다르다.
많은 피아노 건반 중에서 계속 가운데 있는 '도'만 반복해서 친다면,
누가 이것을 아름다운 연주라고 하겠는가? 때에 따라 '도'와 '미', '솔'이
함께 음을 내기도 하고, '레', '파', '라'가 물결처럼 연이어 소리내기도
하면서 아름다운 화성을 만들어 가듯, 우리 각자의 삶이 어우러져 멋
진 화음을 만들어 낼 수 있다.

나의 '음'이 다른 사람들의 '음'에 비해 듣기 싫고, 보잘것없어 보이
고, 쓰임도 적다고 생각되는가?

잊지 말자, 우리는 누구나 다 다른 '음'을 낸다. 우리 인생은 각자의
음색을 가진 다양한 악기들이다. 몇 번 소리를 내든, 높은음이든 낮은
음이든, 우리는 모두 함께 합주해야 아름다운 연주가 된다는 사실을.
우리가 사는 세상은 특별한 누군가가 이끄는 세상이 아니라 평범한
모데라토 인생들이 이끌어가는 세상이다.

우리의 일상도 혼자 독주를 해야 할 파트가 있고, 마음을 맞추어 협

주해야 할 파트가 있다.

누군가가 독주해야 할 때는 잠잠히 들어주고, 끄덕여주고, 공감해주면 된다. 함께 협주해야 할 때는 서로의 음을 들어가며 음의 강약 세기와 박자를 조화롭게 맞춰 가면 된다. 함께 소리를 내는 협주에서 혼자 돋보이려고 음을 세게 내거나 반 박자 앞서 내면 안 된다. 혹시 한 명이 음을 틀리거나 박자를 놓쳤을 때 누구도 알아채지 못하게 조화롭게 맞춰 내줄 수 있는 것이 진정한 협주다.

각자의 음색이 어우러져 함께 연주하는 협주야말로 모데라토 인생의 가장 아름다운 변주일 것이다.

때로는 오프라인에서, 때로는 온라인에서, 때로는 독주로, 때로는 협주로 끊임없는 '작은 도전'을 통해 나 자신과의 소통, 함께 하는 이들과의 소통으로 아름다운 선율의 모데라토 인생을 변주해가고 싶다.

작은 도전이
'나'를 찾게 한다

　요즘 세상은 왜 바쁜지 알아차릴 새도 없이 바쁘게 흘러간다. 내 생각 따위는 필요 없다. 나의 꿈은 꿈속에서나 만나는 판타지일 뿐이다. 나의 삶은 내가 맡은 역할, 직위, 직급으로 설명될 뿐이다.

　배의 '키'를 단단히 붙잡지 않으면 항해자는 원하는 목적지를 향해 나아갈 수 없다. 그 배는 방향감을 상실한 채 파도에만 의존하며 여기저기 표류할 수밖에 없다. 멋지게 출발한 인생의 항해는 더는 '행복한' 항해가 아니다. '고난의' 항해다.

　세상의 파도에 휩쓸려 떠돌아다니는 항해가 아니라 내가 '키'를 잡고 목적지를 향해 나아가는 항해일지라도 때로는 비바람을 만나기도 하고, 빙산을 만나기도 하고, 암초를 만나기도 한다. 그러나 '키'를 내가 잡고 있으면 자포자기의 마음으로 멍하게 파도가 잔잔해지기만 바라는 것이 아니라, 스스로 할 수 있는 어떤 대책을 찾는다. 무엇이든 시도한다.

대학 시절, 친구들과 함께 래프팅했던 적이 있다. 두 개의 고무보트가 나란히 가다가 급류에 서로 부딪혀 내가 타고 있던 보트가 뒤집혔다. 뒤집힌 보트 밑에 갇힌 나는 잠시 공포를 느끼긴 했지만 금세 까르르 웃으며 옆으로 탈출했다. 옆 보트로 튕겼던 친구도, 보고 있는 친구들도 모두 즐거웠다. 배가 뒤집혀도, 옆 보트로 튕겨도 모두 즐겁게 웃을 수 있었던 이유는 모두가 스스로 노를 저어가다가 만난 시련이기 때문이다.

나의 모데라토 인생이 행복하려면 데자뷔같이 반복되는 매일의 일상을 급류타기 하듯 세상의 흐름에 휩쓸려 떠내려가다가 어느 순간엔가 놓쳐버린 내 인생 항해 '키'부터 다시 찾아야 한다.

작은 도전은 놓쳐버렸던 나의 인생 항해의 '키'를 다시 찾게 해준다. 어디를 향해 가는지도 모른 채 휩쓸려가던 인생 항로를 내가 정하는 목표 지점을 향한 여정이 되도록 해준다.

우연히 들고 읽은 책 한 권에서 잊고 살았던 내 생각을 찾을 수도 있고, 우연히 참여한 강의 한 번으로 나의 꿈을 찾을 수도 있다. 글쓰기를 통해서든, 그림을 통해서든, 어떤 것을 통해서든 상관없다. 작은 도전은 '나 자신'에 대한 세심한 관심을 끌게 해준다.

작은 도전으로 내가 알지 못한 채 살아온 달란트(재능)를 발견할 수도 있고, 내가 돌보지 않고 묻어두었던 과거의 상처 입은 나를 만날수도 있다.

작은 도전으로 나에 대해 새롭게 알게 되는 것이 무엇이든 그저 "심봤다." 하면 된다.

몰랐던 달란트(재능)를 발견했다면 좀 더 갈고 닦아서 더 크게 계발할 수 있는 기쁨을 찾았으니 "심 봤다." 하면 된다. 덮어둔 과거의 상처 입은 나를 만나면 진하게 포옹하고 경청해주고 다독여주고 그때못 해준 공감과 위로를 다 해주고 과거 속으로 되돌려 보냄으로써 화해와 회복, 치유를 맛볼 수 있으니 "심 봤다." 할 수 있다.

'나를 찾는 것'은 '나의 에너지를 찾는 것'이다. 내가 진정으로 하고싶은 일, 나의 성향, 나의 에너지를 찾게 되면 나에게 주어지는 역할이 무엇이건 간에 그것을 대하는 자세가 달라진다.

작은 도전이 '지금 내가 하는 일'을 반드시 '내가 하고 싶은 일'로 바꾸게 해준다는 말을 하고 싶은 것이 아니다. 물론 작은 도전이 큰 도전의 도화선이 되어 다시 대학에 들어가 새로운 전공을 배우게도 하고, 유학을 가기도 하고, 직업이 바뀌기도 하겠지만, 나는 '지금 내가하는 일'을 대하는 '내 자세, 태도'가 바뀌게 된다는 점을 강조하고 싶다.

우연히 들고 읽은 아들러의 심리학에 관한 책 한 권이 어쩔 수 없는 과거의 트라우마 속에 갇혀 수동적으로 살아오던 내가 내 인생 항해의 키를 다시 찾으려는 마음을 갖게 했다. 독서와 부모교육 참여, 글쓰기 강의와 매일의 글쓰기를 통해 나는 내버려 두고 있던 나의 내면을 깊이 들여다보며 조금씩 멈추었던 내적 성장을 진행하고 있다.

나의 내면을 보고, 지금의 나를 돌아보니 그제 서야 나의 외적인 면까지 눈에 들어오기 시작했다.

힘든 출산과 육아, 직장 일과 살림 병행으로 방전되어 폭발하기 직전 상태인 배터리 같은 나 자신을 발견했다. 누구도 알아주지 않는 만성피로, 대상포진, 손목터널증후군 같은 갖은 병치레로 짜증이 늘어갔고 나날이 우울해져 가던 내 몸 상태를 이제야 알아챘다.

출산 후 처음으로 정기적인 운동 프로그램을 신청했다. 몇 번의 작은 도전들이 쌓이니 그다음 도전은 바로 직전 도전보다 쉬웠다. 안 하던 운동을 매일 하기로 욕심내기보다는 '일주일에 두 번 운동'하는 작은 도전을 시작했다. 1주일에 이틀, 하루 2시간씩 안 쓰던 근육을 쓰며 땀을 흘리는 기분은 이루 말할 수 없는 해방감을 주었다. 차츰차츰 컨디션을 회복하면서 나는 신체 구석구석에서 내게 하는 말을 세심히 들으며 보살펴주고 있다.

나의 내적, 외적 상태를 살피고 나와 소통하니 오랜 친구와 재회한 듯 기쁘고 행복하다. 오랜 벗과 동행하듯 즐겁다. 나의 모데라토 인생 연주가 외롭지 않고, 힘들지 않다.

나는 작은 도전들을 통해 잊고 지냈던 '꿈'을 찾기 시작했고, 하나하나 꿈을 찾아가는 재미를 맛보고 있다. 어릴 적 가슴 뛰게 좋아했던 보물찾기, 숨은그림찾기처럼 이런저런 일상의 작은 도전들을 통해 새로운 꿈을 찾아가는 것은 가슴 뛰게 하는 벅찬 행복이다.

지혜로운 엄마, 현숙한 아내로 사는 것.
축복의 통로가 되는 삶을 사는 것.
부족함이 없는 부자로 사는 것.
이것이 마흔이 되어서 찾은 나의 꿈이다.

작은 도전은 돋보기 거울처럼, 그리고 내시경처럼 나 자신의 내, 외면을 깊이 볼 수 있게 해준다. 내가 있어야 할 자리를 찾게 하고, 나아갈 길을 알게 해주고, 기쁘고 즐겁게 걸어갈 수 있도록 해준다.

나의 모데라토 인생에 깊이를 더해주고 나만의 색깔을 입혀주는 작은 도전들을 하나하나 쌓아가면서 나의 일상을 아름답게 변주해가고 싶다.

작은 도전이
행복을 알게 한다

　사람들은 누구나 행복하게 살기를 원한다. 지금의 인생 고비를 넘어가면 너른 초원처럼 '행복'이 나를 향해 두 팔 벌려 기다리고 있을 것으로 생각하며 지금의 현실을 버텨(?)내는 사람들이 많다. 나 또한 '대학만 들어가면, 취업만 하면, 결혼만 하면, 애만 낳으면 행복하게 살 수 있을 텐데…' 라는 무수한 '가정법'으로 마침표 대신 줄임표를 붙여가며 하루하루를 버텨내듯 살아왔다. 행복마저 '행복해야 하는' 인생의 숙제로 내게 다가왔다. 나에게 행복의 시제는 언제나 '미래형'이었다. 행복하기 위해 지금보다 더 나은 여건을 만들려고 애쓰며 살아왔다.

　우연히 읽은 책 한 권과 부모교육, 강연회 참석, 글쓰기와 블로그를 통해 나는 닿지 않은 미래를 향하던 나의 눈을 내가 있는 지금으로 돌릴 수 있었다. 작은 도전은 행복의 시제를 '현재형'으로 만들어주었다.

나의 눈을 지금으로 돌리고 보니 이미 내게 주어진 것들에 감사하는 마음이 생겼다. 그것만으로도 나의 행복 시제가 '현재형'이 되었다.

'~했기 때문에 ~할 수밖에 없다'는 바뀌지 않는 '원인론'에 입각한 프로이트 심리학은 종결된 과거의 원인에 의한 결과가 지금의 내 삶이므로 현재는 어쩔 수 없이 받아들여야 한다는 단정적인 마음을 갖게 했고, 미래에는 지금과 같은 결과를 낳지 않기 위해 현재를 보다 완벽한 원인이 되도록 자신을 달달 볶아왔는지도 모른다. 그런 내가 우연히 들고 읽은 책을 통해 사람은 변할 수 있고, 삶도 변할 수 있다는 '목적론'을 접하게 되었다. '지금'은 바꿀 수 없는 과거(원인)가 낳은 필연적 시제(결과)가 아니라, 미래(가변적 목적)에 따라 얼마든지 바뀔 수 있는 현재 시제라는 것을 깨달았다.

'나는 평범한 인생을 살았기 때문에 그저 평범할 수밖에 없다. 평범한 삶이 당연하다.'는 생각으로 살아왔다. 이 생각은 '현재의 삶에 완벽하게 행복한 사람은 없다. 다들 이렇게 살아간다. 꿈보다는 현실이다.'라는 단정적인 생각으로 이어졌다. 현재의 내 삶을 바꾸려는 시도는 헛수고에 불과하다고 생각했다.

하지만 지금 나는 '평범한 인생일지라도 특별한 듯 행복하게 살아가고 싶다'는 생각을 한다. 그러기 위해 지금 내 일상에서 행복을 찾고, 가꾸어갈 수 있다는 가변성을 믿게 되었다.

날마다 비를 잔뜩 머금은 먹구름을 어깨 위에 얹고 잔 것처럼 아침 기상은 나에게 힘들었다. 그러던 내가 독서를 통해 작은 도전을 시도하면서 깃털처럼 가벼운 아침 기상의 맛을 알게 되었다. 쌔근쌔근 잠든 아이의 숨소리를 제일 먼저 깨어서 들을 수 있는 것이 행복했다. 오늘 아침 나에게 처음 인사를 거는 사람이 '욕실 거울 속에 비취는 나'라는 사실이 행복했다. 나를 깊이 알아갈 수 있는 기쁨에 행복했다.

달콤한 신혼이 끝나갈 즈음부터 나는 육아, 살림에 있어서 여자인 나에게만 더 많은 희생이 강요되는 것 같아서 '결혼'은 애초부터 여자에게 불리한 강화도 조약 같은 '불평등조약'이라는 생각이 들었다. 점점 불평은 쌓여갔지만, '아이가 자라 독립하게 되면 나의 인생, 나의 행복을 되찾을 수 있겠지' 하는 생각으로 나의 행복 찾기는 또다시 유보되었다. 그러던 내가 옥복녀 선생님의 '좋은 부모 되기' 강의를 듣고, 선생님의 책을 읽으면서 엄마로서, 주부로서, 직장인으로서의 내 현실에 눈을 돌리게 되었고 나 자신이 행복해야 아이도 행복하게 자랄 수 있다'는 선생님의 메시지 덕분에 유보했던 나의 행복 찾기를 실행에 옮기기 시작했다.

나에 대하여 조금씩 열린 마음으로 일상을 되돌아보기 위해 블로그를 시작했다. 각종 범죄의 온상이라는 사이버 세상에 대한 선입견, 타인에 대한 불신을 접어두고 나와 같은 마음으로 소통할 수 있는 누군가가 분명 있다는 타인에 대한 믿음을 붙잡는 작은 도전을 했다. 지금 나는 놀랍게도 시공간의 제약 없이 함께 서로의 삶, 생각을 나누고 있다. 온라인도 서로의 마음을 나누는 따뜻한 도구로써 쓰일 수 있다는 것을 알게 되어 행복했다.

　'꼭 내가 해야 할 일만 하자'는 소극적인 생각으로 살아온 내가 무언가 새로운 것을 찾아 시도한다는 것은 희박한 일이었다. 하지만 몇 번의 작은 도전은 미래 어느 시점에 내게 주어질지 안 주어질지도 모를 '행복'을 현재의 내 삶에서 찾게 해주었기에 또다시 나에게 작은 도전을 하려는 작은 용기가 생겼다. 이은대 작가님의 강의를 수강하는 것이었다. 그저 작은 도전들이 나의 일상에 행복을 찾아주는 기쁨이 좋아서 삶의 동기부여가 되는 것 하나라도 얻을 수 있으면 족하다는 마음에 강의를 신청했다. 지금 나는 놀랍게도 매일매일 글을 쓰면서 나의 내면을 다져가고 있다. 나를 더 깊이 만날 수 있는 글쓰기는 내게 뭐라고 말할 수 없는 희열을 주었다.

　특히 감사일기 쓰기는 나의 마음을 행복에 초점을 맞추게 해주었다. 일상에서의 하루하루 감사 거리를 찾는 것이 처음에는 어려웠지만, 계속 찾다 보니 나의 시야가 넓어져서인지 나의 감사 뇌가 커져서

인지 모르겠지만 감사할 조건이 아닌 것에서도 감사를 찾으려 노력하게 되었다.

학창시절에는 친구를 사귀었고, 직장에 들어와서는 동료가 생겼고, 결혼해서는 새로운 가족이 생겨났다. 마찬가지로 나의 작은 도전들에는 여러 동반자가 생겼다. 함께 좋은 부모가 되는 꿈을 꾸는 꿈 동지들이 생겼다. 함께 책을 읽고, 글을 쓰며, 감사를 실천하며 성장해나갈 꿈을 꾸는 꿈 동지들이 생겼다. 그 어떤 이해관계에 따른 불순물이 섞여 있지 않은 순도 99.9%의 꿈을 향한 순수한 만남에 행복하다. 부모교육을 통해 선한 영향력을 끼치는 것을 소명으로 여기고 살아가고 계신 옥복녀 선생님, 모든 사람이 글쓰기의 희열을 알아가도록 돕는 것을 소명으로 여기고 살아가는 이은대 작가님과의 만남에 행복하다. 직접 만나보지는 못했지만, 서로의 삶을 응원해주고 공감해주는 블로그 이웃들, 방문자들과의 만남에 행복하다.

결혼과 출산 후 몇 계단만 오르면 숨이 가쁘고, 뛰기는커녕 걷기조차 안 했던 내가 마흔에 운동을 시작했다. 요가와 필라테스, 그리고 낯선 스포츠댄스와 줌바댄스까지 골고루 맛볼 수 있는 프로그램을 선택하는 것도 나에게는 용기가 필요한 작은 도전이었다. 숨이 턱까지 차오르고, 땀이 등줄기를 타고 흐르는 묘한 쾌감을 언제 느껴보고 느끼지 못했던가. 늘 왕성한 식욕 덕에 운동 후 마구 먹어서 다이어트 효과는 없지만, 분명히 찌뿌둥한 기분과 만성피로는 사라졌다. 손목에도 힘이 들어가고, 코어도 제법 강화되었다. 몸의 컨디션이 회복되는 속도에 비례하여 나의 행복도 커졌다.

매일의 글쓰기는 나의 시선, 나의 관심사를 일상의 구석구석으로 향하게 해주었다. 늘 나를 내려다보고 있는 파란 하늘을 올려다보며 행복을 찾는다. 계절이 다양하게 바뀌는 것에 감사하고 행복을 누린다. 아이의 설명 없이는 무엇인지 도무지 알아볼 수 없는 아이의 그림을 보고도 행복을 느낀다. 주부라는 역할, 엄마라는 역할, 직장인이라는 역할이 내게 주어져서 행복하다. 그것도 한꺼번에 이 모든 역할을 감당해 내야 하는 특별함에 특별히 감사하며 행복하다.

작은 도전은 먼 곳, 먼 미래가 아닌 지금, 나의 일상 속에서 이미 내가 누리고 있는 행복들을 깨닫게 해주었고, 일상의 소소한 변화들로 새로운 행복들을 더해주었다. 작은 도전은 일단 시도하고 나면 또 다른 도전을 하게 하고, 꼬리에 꼬리를 물 듯 작은 도전들을 몰고 왔다.

현재 나의 일상에서 '행복'을 찾게 해주는 작은 도전은 오늘도 계속된다. 작은 도전은 분명 일상의 활력소다. 작은 도전들로 내 에너지가 가득 충전되면 웃으며 나의 아침을 열고, 즐겁게 하루를 보내고, 감사히 잠자리에 들 수 있다.

나의 모데라토 인생은 내가 연주한다. 지루하게 독주해오던 내 인생 연주에 작은 도전들을 통해 다양한 화음을 만들어 내고, 새로운 연주기법을 시도해가면서 행복하게 변주하기 시작했다.

작은 도전이
멋진 인생변주곡을 만든다

"인생 뭐 별거 있나요? 그냥 이렇게 살다가 죽는 거지요."

누구나 성공한 인생, 특별한 인생이라고 말할 수 있는 사람은 극히 소수에 불과하다고 생각했다.

'호랑이는 죽어서 가죽을 남기고, 사람은 죽어서 이름을 남긴다.'라는 속담도 특별하게 성공한 소수의 위인들에게 해당하는 것으로 생각했다.

나처럼 그저 그런 외모에, 평범하기 그지없는 생활, 나를 아는 사람보다 당연히 모르는 사람이 몇십 만 배 더 많을 평범한 사람은 "인생 뭐 별거 있나요? 그냥 이렇게 살다가 죽는 거지요." 라는 말이 정답일 것으로 생각했다.

처음부터 그런 생각을 했던 것은 물론 아니다. 나도 어린 시절 부모님의 넘치는 사랑과 기대를 받으며 자랄 때는 달나라에도 가고, 별나라에도 갈 수 있을 것처럼 나에 대한 기대치가 높았다.

욕심 많은 둘째라서 언니가 하는 것은 무조건 따라 했던 나는 생후 8개월에 걸음마가 아닌 뜀박질 수준의 것을 했다고 한다. 눈앞에 언니가 걷고 뛰는 것을 보고 4킬로 우량아로 태어난 생후 8개월짜리가 따라 한 것이다. 그것이 몸에 무리가 와서 취학하기 전까지 특수기관지염인가 하는 병으로 심하게 쌕쌕거리는 기침을 달고 살았지만 말이다. 한글도 언니가 하는 것을 따라 한 덕에 또래보다 빨리 습득한 편이다.

그러나 취학 후 한 살 한 살 나이가 들어가면서 나도 다른 아이들과 크게 다르지 않은…. 아니 오히려 더 볼품없고 실력도 모자란 아이라는 생각이 조금씩 자라났던 것 같다. 나의 자존감에 상처가 나기 시작한 것은 교우관계라는 새로운 경험을 통해 내 머릿속에 '비교' 관념이 정립되고 나서부터였다.

'저 친구가 나보다 공부를 잘하지!', '저 친구가 나보다 예쁘지!', '저 친구 집은 아주 잘 살지!', '저 친구를 선생님들이 다 이뻐하시지!' 하는 생각들이 쌓이면서 점점 나는 소심해져 갔다. 내가 못 할 것 같으면 시도하지 않고, 내가 질 것 같으면 나서지 않았다. '도전'보다는 '안전'을 지향하는 성향의 나로서 39년을 살아왔다. 눈에 띄지 않는 평범한 모데라토 인생…….

그러면서도 가슴 한편에는 '젊은이여, 야망을 가져라'는 명언을 품고, 자기계발서를 읽으며 전율이 느껴지는 문장들에 밑줄을 치면서 나의 현실과 다른 세계를 간접 경험하는 것을 취미로 삼아 왔다.

마흔, 이제 나는 우연한 교육과 강의, 독서, 운동이라는 '작은 도전'들을 통해 일상을 변주하기 시작했다. 책을 들고 읽은 것도 나 자신이고, 부모교육과 글쓰기 강의를 신청한 것도 나 자신이고, 운동을 시작한 것도 나 자신이다. 그러나 내가 그 도전들을 시도할 수 있는 용기를 준 것은 내 옆에 있는 누군가의 권유와 동참이 있어서다.

혹시 나처럼 평범한 하루하루, 무미건조한 일상에 새로운 일이 일어나기를 바라는가? 이제 내가 당신의 '작은 도전'을 권유하고 동참하고 싶다. 당신의 모데라토 인생도 변주할 수 있다.

우리 일상은 매일 구워내는 '식빵'이다. 뜯어서 그냥 꼭꼭 씹어 먹어도 담백하고 맛있다. 그러나 매일 아침 식빵만 뜯어 먹으면 금세 물려버린다. '작은 도전'은 토핑이다. 어떤 날엔 달콤한 딸기잼, 어떤 날엔 고소한 치즈와 햄, 어떤 날엔 반숙 계란 프라이와 양상추…. 원하는 대로 곁들여 식빵을 더욱 맛있게 즐길 수 있게 해주는 토핑과 같다. 담백한 일상을 맛보다가도 간간이 토핑을 얹어서 맛보면 어떨까?

'작은 도전'을 시작하는 의도는 자신의 발전을 위해서다. 나의 일상에 작은 변화를 주고 생기 있게 하려 함이다. 이렇게 시작한 '작은 도전'은 나 자신과의 소통에서 오는 기쁨은 물론이고, 다른 사람들과 함께 하는 기쁨도 준다. 비슷한 분야의 '작은 도전'을 함께 해 나가는 '꿈 동무'를 만나게 된다.

우리의 일상은 끊임없이 반복되는 포물선의 연속이다. 영원하게 수평선을 긋는 기쁨도, 슬픔도 없다. 누구나 기쁠 때가 있으면 슬플 때도 있다. 각자의 포물선을 그어가는 것이 우리의 인생이지만, 혼자 동떨어져 그려나가는 것이 아님에 감사하다. 동시대에 지구, 아시아, 대한민국이라는 공간에서 나와 나란히, 가까이서 포물선을 그어가는 사람들이 있다. 포물선을 그어나가다 보면 교차점이 있다. 슬플 때 위로를 주는 만남, 기쁠 때 더 큰 기쁨을 주는 만남. 이런 만남이 바로 나의 포물선과 교차하는 누군가의 포물선이 만드는 교차점이다.

기뻐서 날아가고 싶을 때, 혼자 웃고 기뻐하는 것보다 누군가가 함께 손뼉 쳐주고 맞장구쳐 주면 두 배 더 기쁘다. 죽을 것처럼 괴롭고 힘들고 슬플 때, 누군가가 내 이야기를 들어주고 공감해주면 슬픔은 절반으로 줄어든다.

우연인 것처럼 우리에게 주어지는 귀한 만남과 함께 우리의 일상을 변주한다면 '단조'는 '단조'로서의 깊은 울림을 주고, '장조'는 '장조'대로 밝고 경쾌함을 주는 협주가 가능할 것이다.

어딘가 당신의 일상과 다른 '새로운 인생 무대'가 있을 것으로 생각하는가? 그 생각은 '파랑새'를 쫓아 끝없이 헤매는 것과 같다. 다가가 보면 사라져버리는 '신기루'와 같다. 무지개 끝을 목적지로 두고 달려가는 것과 같다.

우리 인생의 무대는 바로 지금 내가 살아가고 있는 '일상'뿐이다. 그 무대에서 우리가 최대한 성실히 주인공 배역을 감당해내고, 즐기면 된다. '무대 세트장이 더 화려해지면', '나를 아이돌 대우해주면', '조연들이 더 나를 잘 받쳐주면', '관객이 가득 차면' 멋지게 배역을 소화해 낼 수 있을 거라고 핑계 대지 말자.

나의 일상은 주인공인 나를 위해 맞춤으로 조성된 '최고의 무대'라고 인정하자. 답답한 취업준비생 역할이든, 일에 치이고 사람에 치이는 직장인 역할이든, 독박육아로 괴로운 전업주부 역이든…. 지금 내가 맡은 역할에는 딱 제격으로 '주어진' 무대, 조연, 대우, 관객 수라고 인정하자. 그러나 앞으로의 시나리오 전개를 어떻게 할지는 내가 '선택하는' 것이라는 사실을 기억하자. 애드리브도 마음껏 질러보자. 이것이 일상의 '작은 도전'들이다.

우연한 애드리브가 영화의 명대사가 되고, 드라마의 명장면이 되듯이 우리의 우연한 '작은 도전'이 인생의 시나리오 전개를 바꿔놓을지 모를 일이다.

지금 당장, 해 보고 싶은 일상의 애드리브가 떠오르는가? 그렇다면 해 보자.

'작은 도전'을 시도한다는 그 자체가 이미 당신의 일상이 변주되기 시작했다는 것이다.

작은 도전,
지금 시작하라

40대가 되자 나이에 관해서 20대와는 다르게 생각하게 되었다.

어릴 때는 성인이 아니어서 할 수 없는 '사회규율 적인 측면'에서의 제약이 몇 가지 있었다. 그 제약사항 마저 풀린 성인이 되어서는 '이 나이에 어떻게 저 어린 애들하고 저걸 해'하고 다시 스스로 '제약'을 만들면서 낯선 것에 대한 '시도', '도전'이라는 단어를 피해왔다.

나이는 숫자에 불과하다. 30, 40, 50, 60… 이라는 이 숫자는 어쩌면 '인생의 이해정도'를 나타내는 것일지도 모른다. '인생의 달고 쓰고 시고 짠 여러 맛의 농도'를 나타내는 것일지도 모른다.

내 나이 40세가 된 올해, 친구가 핸드폰으로 보내온 시 한 편은 앞으로의 내 삶을 어떻게 살 것인지 곰곰이 생각해보게 해주었다.

여대생 시절, 탐나는 부록 때문에 관심 없던 잡지를 샀던 기억이 있는가? 마음에 쏙 드는 다이어리 부록 때문에 본 책을 샀던 기억이 있지 않은가?

부록이 그저 안 팔려서 얹어주는 본 책 포장 용품 같은 '덤'이라면, 누군가에겐 버려지고 잊히겠지만, 부록 자체가 매력 있고 누구나 갖고 싶어 하는 것이라면, 본 책의 가치도 올려주고 고이고이 소장, 애용될 것이다.

이 시인의 표현대로라면 나는 이제 부록의 삶에 접어든다. 나는 부록의 삶을 본 책의 삶을 능가하는 삶으로 가꾸어 나갈 것이다. '덤으로 주어진 삶'이라고 생각하면 더욱 겸손하게, 성실하게, 열정적으로, 감사하며 살 수 있을 것 같다.

용기 있게 작은 도전들을 하면서 인생의 다양한 맛들을 경험하고, 인생에 대한 '이해의 농도'를 점점 짙게 만들어 가면서 더치커피처럼 깊고 풍부한 맛을 내는 인생을 살아갈 것이다.

보석 중의 보석, 다이아몬드와 뭉땅해지면 쉽게 버리는 연필심(흑연)은 둘 다 성분이 탄소(원소기호:C)로 같다. 같은 성분으로 구성되어 있지만, 원자들의 결합구조, 응집 정도에서 차이가 난다. 가장 비싼 보석이라고 일컬어지는 다이아몬드와 주변에서 흔히 볼 수 있는 연필심의 성분이 같다는 사실이 놀라울 따름이다.

반짝반짝 빛나 보이는 다이아몬드 같은 인생들과 비교해 볼 때 흑연 같은 내 일상이 보잘것없어 보이고, 하찮게 여겨질 때가 있는가? 흑연이면 어떤가? 원자 결합구조만 바꾸면 다이아몬드처럼 빛나고 단단해질 수 있는데….

사람은 누구나 단 한 번의 삶을 부여받는다. 부자든 가난한 자든, 배운 자든 못 배운 자든 '단 한 번의 삶'이 주어진다는 사실 만큼은 공평하다. 내가 천연 다이아몬드이건, 흑연이건 상관없다. 중요한 것은 '내게 주어진 원자들을 내가 어떻게 배열해가며 살아갈 것인가'하는 삶의 태도다.

실패를 두려워하지 말고 내가 할 수 있는 '작은 도전'을 계속하자. 반복하는 '작은 도전'이 계획대로 성공하기도 하지만 때로는 실패도 할 것이다. 실패와 성공을 계속 맛보다 보면 고압과 고온을 견뎌낼 수 있는 원자 배열로 결합구조가 바뀔 것이다. 그러다 어느새 반짝반짝 빛나는 나의 일상과 마주할 것이다.

내일도 어김없이 나에게 '오늘'이 주어질 것으로 생각하는가? 그것은 착각이다. 김칫국이다.

'선물'은 대가 없이 누군가에게 받는 것이므로 내가 달라고 강요해서 받아낼 수 없다.

'오늘(Present)'이 나에게 주시는 하나님의 '선물(Present)'이다. 감사히 받고 열정적으로 살자.

글을 쓰고 싶으면 지금, 노트와 펜을 들고 써라.

그림을 그리고 싶으면 지금, 붓과 색연필을 들고 그려라.

노래를 부르고 싶으면 지금, 반주 음악을 틀고 불러라.

춤을 추고 싶으면 지금, 일어나 춤을 추라.

사랑하고 싶으면 지금, 고백하라.

"아름답다. 멋있다."고 감탄하면서 언제까지 축제장 담장 너머 구경만 할 것인가?

지금, 당당하게 벨을 눌러라. 입장할 수 있는 티켓을 사라.

그러면 당신도 축제 현장에 함께 할 수 있다.

지금, 작은 도전을 시작하라.

실패할까 봐 두려운가? '실패'는 실 꾸러미다. 얽히고설킨 실 때문에 끝이 보이지 않고, 풀리지 않을 것 같지만 포기하지 않고 차근차근 풀어나가다 보면 '성공'이라는 단단한 심지가 보석처럼 그 안에 빛나고 있다.

기억하자. 내딛는 순간이 이루는 첫 순간이다.

베레카가 전하는 일상변주곡
"주말 예찬"

그대와의 만남이
기대되고 설렙니다.

그대와의 이틀을
생각하니 행복합니다.

그대와의 만남을
기다리니 가을도 핑크빛입니다.

그대와의 이틀을
어떻게 보내면 더욱 달콤할까요?

이틀이 지나면
또다시 일주일을 손꼽아야겠지요.

이토록 애틋할 수 있을까요…….

자존심, 체면 따위 버려놓고
한없이 그대를 붙잡고 싶지만

이틀 뒤엔
보내드려야겠지요.

또다시 만날 그대를…….

일상의 시작이 월요병인 사람들이 많다. 나도 한때는 심각한 월요병으로 일요일 밤이 두려웠다. 일주일 내내 주말만을 기다리며 지루한 일상을 보냈다. 그리고 금요일 오후가 되면 미친 듯이 뛰는 가슴을 안고 행복한 주말을 만날 준비를 했다.

그렇게 행복한 이틀, 그리고 불행한 닷새를 보내는 것이 나의 일상이었다. 일 년 365일 중에서, 고작 100일 만이 행복한 날들이었다.

뭔가를 애틋하게 기다리면, 시간은 참 더디게 간다. 가슴 벅찬 행복은 참 빨리도 사라지는 듯하다. 행복을 조금 더 길게 가져갈 수 있는 방법은, 기다리는 시간을 행복으로 채우는 길이다.

삶은 늘 기다림의 연속이며, 사람들이 그토록 바라는 인생의 봄날은 눈 깜짝할 사이에 지나가 버린다. 한겨울, 추위와 눈바람을 맞으면서도 이것이 내 삶의 일부라 여기고 인정하며 받아들일 수 있을 때, 다가오는 따뜻한 봄날이 아니어도 얼마든지 행복할 수 있으리라.

기다림의 행복을 가질 수 있을 때, 삶의 변화를 더 깊이 만끽할 수 있을 거라 믿는다.

아우트로(Outro)

세상의 모든 멍에를 내가 짊어지고 가야 하는 것처럼 인생이 힘겹고 무겁고 심각한가?

그렇다면 지금의 내 일상을 '영원'이라는 시간상으로 인생 렌즈의 포커스를 '줌 아웃(Zoom out)'해보자.

힘겹고 무겁고 심각한 지금의 상황도 '영원'이라는 시간선 상에서는 한 마디, 아니 한 점밖에 되지 않는다는 것을 깨달을 때까지 '줌 아웃(Zoom out)'해보자. 인생의 무게가 조금은 가벼워질 것이다.

개구쟁이 아이의 콧김에도 날아가 버릴 것처럼 보잘것없는 인생이라 생각하는가?

그렇다면 자신의 내면세계로 '줌 인(Zoom in)'해보자. 눈앞에 거울이 없는 한 우리는 나 자신보다 타인을 본다. 눈에 보이는 대로 타인을 부러워하고, 칭찬하기 쉽다. 보이지 않는 나는 한없이 작고, 보잘것없는 존재라고 느끼기 쉽다. 타인을 향한 관심과 호기심을 자신에게 돌려보자. 내 속의 무한한 가능성과 나만의 매력이 보일 때까지 자신에게 '줌 인(Zoom in)'해보자. 인생의 가치를 발견할 것이다.

인생 렌즈를 적절히 '줌 아웃, 줌 인'하다 보면 인생을 심각하게 받아들이거나, 보잘것없이 하찮게 대하는 치우친 태도가 사라지고 어떤 상황, 어떤 문제든 있는 그대로 받아들일 수 있는 평온한 마음을 갖게 된다.

평온한 마음으로 나의 일상을 마주하자. 그러면 내게 주어지는 일상의 모든 것들로 하루하루 인생 악보를 써내려갈 수 있다. 때로는 단조로, 때로는 장조로 풍성한 선율을 가진 나만의 아름다운 일상변주곡을 연주할 수 있다.

지금, 작은 도전을 시작하려는 당신께.

지금 그대로도 나쁘지 않은 당신의 모데라토 인생 연주입니다만,

도돌이표 반복되는 일상에 경쾌한 스타카토를 넣어 보고,

때로는 쉼표도 넣어보면서 조금은 새롭게 변주해 보시면 어떨까요?

음 이탈이 두려우신가요?

걱정 말아요. 내 인생의 악보는 내가 써내려가는 것이니까요.

우연한 음 이탈이 지금껏 몰랐던 새로운 화음을 만들어내고, 변박자도 만들어내니까요.

그저 편안한 마음으로 변주를 시작해보세요.

당신의 일상은 더욱 풍성한 선율로 연주될 겁니다.

당신의 일상 변주에 함께할 협주자도 만나게 될 겁니다.

아름다운 당신의 일상 변주에 이 책으로 저도 함께할 수 있어 기쁩니다.